都市里的汤姆&索亚

5 游戏正式开场!

〔日〕勇岭薫◎著

〔日〕西炯子◎绘

任兆文◎译

北京科学技术出版社

100层童书馆

敬告：请在游戏前阅读。

真正的冒险精神在于勇敢探索，
而不是铤而走险。

本书内容纯属虚构，
部分情节包含危险操作，
请勿模仿。

开始游戏吗?

开始新的游戏

▶ 读取存档

请导入数据。

"都市里的汤姆&索亚" ①我们的城堡

"都市里的汤姆&索亚" ②欢迎来到游戏之馆

"都市里的汤姆&索亚" ③战斗何时才能结束?

"都市里的汤姆&索亚" ④四重奏

开始游戏吗？

▶ 开始新的游戏

读取存档

加载中······

"都市里的汤姆&索亚" ①我们的城堡

"都市里的汤姆&索亚" ②欢迎来到游戏之馆

"都市里的汤姆&索亚" ③战斗何时才能结束？

"都市里的汤姆&索亚" ④四重奏

▶ "都市里的汤姆&索亚" ⑤游戏正式开场！

前情回顾

内人（以下简称"内"）："都市里的汤姆＆索亚"终于出到了第五册……

创也（以下简称"创"）：真是令人感慨万千啊！

（内人拿出"都市里的汤姆＆索亚"第一册《我们的城堡》。）

内：还记得在这一册里，我和你刚认识，就被你拉到下水道去冒险。

创：你指的是去野餐那次吗？

内：……

（内人欲言又止，创也却佯装无辜。）

（内人又拿出"都市里的汤姆＆索亚"第二册《欢迎来到游戏之馆》。）

内：在这一册中，我们偷偷留在了关门后的商场里。

创：那回的躲猫猫游戏还挺好玩的。

（卓也先生出现在两人身后，戴着一对猫耳。）

内：是谁惹恼了栗井荣太一行人，搞得双方势不两立？

创：大家的立场和看法不同，本来就很难相互理解。

内：……

（创也满不在乎地耸了耸肩，内人的火气却越来越大。）

（内人继续拿出"都市里的汤姆＆索亚"第三册《战斗何时才能结束？》。）

内：那在这一册中，我们怎么又跟头脑组织结下了梁子呢？！

创：比起这个，我们合力保护了小学生的事情更值得一提吧？

（创也不再理会内人，打起了保龄球。卓也先生在两人

身后举起一块标牌，上面写着：我是番外篇的主角。）

（内人又拿出"都市里的汤姆＆索亚"第四册《四重奏》。）

内：朱利叶斯的故事反响不错呢！

创：是啊，反而正篇的内容，大家可能都忘了。

内：我可没忘！都怪你，害我翘掉了马拉松大赛！

创：你不先和大家讲一讲精灵的故事吗？

内：……

（内人默默地放下书。卓也先生在他身后开始练习幼师拳。）

（内人清了清嗓子，换上了哆啦A梦的玩偶服。）

内：总之，这个系列讲述了我如何一次又一次拯救莽撞冲动的创也于水火之中的故事。

创：换句话说，就是我为了成为一名优秀的游戏制作人而不断努力，并在此过程中收获爱与感动的故事。

（创也对自己的评价少说也有两成水分。不知从何时起，他的眼镜框从酒红色变成了黑色。）

内：请问这个系列要怎么"换句话说"才能变成你说的那样呢？

创：小问题而已，别这么死板。

（卓也先生一把推开互相较劲的内人和创也。）

卓也：这其实是我历经磨难终成幼师的故事。

（在卓也先生身后，栗井荣太一行人、堀越美晴、真田女史、内人脑内的直子小姐、堀越导演和他 26 个有趣的下属等配角也纷纷跳出来，按自己的想法解读本书剧情。）

（唉，没完没了了……）

| 主要登场人物 |

内 藤 内 人 每天在多个补习班之间奔波的普通中学生。

龙 王 创 也 内人的同学，成绩优秀，龙王集团的继承人。

堀 越 美 晴 内人和创也的同学。

堀 越 隆 文 美晴的爸爸，日本电视台的导演。

二阶堂卓也 龙王集团员工，创也的保镖，兴趣是阅读招聘杂志。

栗 井 荣 太 传说中的游戏制作人。

目　录

楔　子

砰!

一听到枪响，我的身体立刻条件反射般动了起来。

没时间思考了。

我立即趴在木地板上匍匐前进，以躲避身边的枪林弹雨。爬到吧台旁后，我一跃而起，然后跳到吧台里侧压低身子藏了起来。

我伸手摸了摸头，发现自己戴了一顶西部牛仔帽，上面还开了个食指粗细的洞。这到底是什么情况？

"你怎么才来？"

这时，我身后突然传来创也的声音。他同样戴着西部牛仔帽，冲我微微一笑。

"创也，你解释一下！为什么有人拿枪指着我们？"

谁知创也非但没解释，还歪着头说："你的发音不对哟。我的名字不是创也，而是索亚，索亚·卡西迪。"

"……"

枪声打破了沉默，酒架上的酒瓶就像射击游戏里那样，一个接一个被击碎。

我一边紧紧护着头部以免被碎片划伤，一边问："难道我也不叫内人？"

"这种时候还不忘说笑，真不愧是汤姆·基德。"

看来我的名字叫汤姆·基德。

我低头一看，发现自己脚蹬一双皮靴，腰带上还别着手枪。

我抽出手枪，又问道："这是怎么回事？"

"柯尔特 M1873 陆军单动转轮手枪，口径 11.43 毫米，可装载 6 发子弹，是美国西进运动时期最流行的型号。"

我想问的不是这个。但听他这么说，我明白了一点：这里貌似是西进运动时期的美国。

如果是这样的话，我身上这套牛仔装束和配枪就可以解释了。

哈哈哈……这一定是梦——我正在做一场噩梦。

"原来是梦啊！那你快变点儿好用的秘密武器给我瞧瞧。"索亚厚颜无耻地说。

我们头上不断有子弹掠过，解决眼前的问题要紧，我决定过一会儿再揍他。话说回来，就算是场噩梦，也不至于这么险象环生吧？

"我来简单说明一下情况。"索亚看我在发蒙，得意地说，"女歌星媄情被犯罪团伙'立锦戎泰'绑架了，我们是来救人的。"

激烈的枪声持续不断。

"我有几个疑问。"大量的木头碎片和玻璃碎片从我们身边飞过，我说话的同时也不忘护好头部，"我们不是来救人的吗？怎么反过来被追杀呢？"

"因为进入酒吧之前，我提议和立锦戎泰来一场堂堂正正的对决。"

"我……难道没有反对吗？"

"你当然反对了。可是我一说完'出其不意乃制胜关键'就走进了酒吧，然后你就一脸震惊地跟了过来。"

原来如此。

"请容我说一句话，"为了不让自己的声音被枪声盖过，我深吸一口气，努力提高嗓门大喊道，"索亚，你这个大笨蛋！"

"你难道不觉得用奇招才能制胜吗？"

"你的'出其不意'非但没能制住敌人，反而把队友弄得措手不及！"

"俗话说，要出敌人不意，首先要出同伴不意。"

"这句俗话应该是：要欺骗敌人，首先要欺骗同伴！"

4

索亚默默思考片刻，然后露出一副恍然大悟的模样，接着拍了一下手，啊了一声："这两句话太像了，我搞错了。"

四周的枪声很快盖住了索亚的声音。唉，我果然不该和这个笨蛋一起行动……

"你刚才说要堂堂正正地和敌人对决，是想到什么好办法了吗？"

经我这么一问，索亚笑着耸了耸肩。他的笑容看起来是那么天真无邪，完全就是一副做事没经大脑的模样。

我抱着头，埋怨道："你能不能想好了再行动啊？！"

枪声震耳欲聋，索亚能听到我说话吗？

"我们每次遇到这种危险，都是因为你！"

可现在不是发牢骚的时候，趁着小命还在，我得赶快想办法自救才行！

我看了一眼手中的枪。它沉甸甸的，只要我扣动扳机，它就能释放出巨大的威力。可这时，我想起了奶奶曾告诫我的话：

"人不应该使用自己不熟悉的武器。刀枪无眼，既能伤害对手，也能伤害自己。"

奶奶说的话没错。我将枪从吧台扔了出去。

"啊！你在干什么啊?！"

索亚急得大喊，但这是我的台词!

"它已经没用了，"我数了数堆在吧台后面的面粉袋——一共有 4 袋，然后说，"我们还有这些。"

索亚重重地点了点头："原来如此。你想把这些面粉撒出去制造烟幕，好给我们制造逃跑的机会。"

嗯……和我的想法有些出入，但如果能这么和平地解决问题就好了。

我们各提起两袋面粉，趁枪声稍歇时一齐扔了出去。立锦戎泰的枪手反应十分迅速，不管遇到会动的东西还是出声的东西，都会第一时间举枪射击。果然，面粉袋被数发子弹击中，发出闷响。

嘣！嘣！

面粉袋应声裂开，面粉像雪花一样纷纷扬扬地在空中飘洒。屋内瞬间烟雾弥漫，遮挡住了众人的视线。

"快跑！"我说完，便和索亚跳出吧台，向酒吧门口逃去。

就在我们要夺门而出之时，耳后传来子弹上膛的声音。

"不许动！"

来人是立锦戎泰的老大——沈·贡斯。我和索亚停下脚步，缓缓举起双手。

"你们这两个臭小子还真是不见棺材不落泪啊，害得我最爱的衣服变成了这样。"沈·贡斯那件质感不错的西装上全是面粉。

我问他："娱情在哪儿？"

"你放心，她只不过是引出你们的诱饵。"

立锦戒泰一伙将娱情带了出来。她双手被反绑在身后，看见我们后大喊道："索亚！汤姆！"

我小声对索亚说："她先叫的是你的名字。"

"在这种情况下，你还要计较这种小事吗？"索亚很无奈，我却不觉得这是小事。

我们三人被立锦戒泰一伙押到墙角。面粉形成的烟雾还未完全消散，一片朦胧中，我看到他们将枪口对准了我们。

"现在，该秋后算账了。"沈·贡斯漫不经心地笑着说。

咦，现在是秋天吗……不，现在不是考虑这个的时候。

我小声对索亚和娱情说："一会儿听到玻璃杯破碎的声音，咱们就立刻捂住耳朵趴下。"

我在离开吧台前做了一些手脚：我打开了一瓶威士忌，将其横放在架子上，又在瓶口下方的吧台上放了一个玻璃

杯，玻璃杯底部有一小半超出了吧台边缘。酒瓶里的酒慢慢注入杯中，等杯中的酒超过一定的量后，玻璃杯就会从吧台上掉下来。

听到玻璃杯破碎的声音，立锦戎泰一定会朝那个方向开枪。

"你们乖乖认输吧！"

沈·贡斯的话音刚落，啪的一声，玻璃杯摔碎了。他们果然和我想的一样，急忙朝那边开枪了。

"趴下！"我趁机大喊道。

枪声响起的瞬间，周围传来比枪声还要猛烈数十倍的爆炸声。酒吧摇摇欲坠，木制天花板断裂、掉落，朝我们砸了过来。

"索亚、媄情，你们还好吗？"我推开身上的木板，站了起来。

"我没事。"

见媄情摔倒在旁边，我赶紧将她扶了起来。太好了，媄情平安无事，说明我的计划十分完美。

这时，一双手从瓦砾下伸出来，揪住了我的衣领。会做出这种无礼举动的人只有索亚。

"你要搞粉尘爆炸的话，为什么不早点儿告诉我？！"索亚的眼睛里燃烧着熊熊怒火。他还有力气瞪我，看来没什么大碍。

　　我歪着头问："'分成爆炸'是什么？"

　　"就像刚才那样，空气中悬浮的粉尘达到一定浓度后，遇到火花之类的火源就会引发大爆炸……你用这招的时候不知道这个知识？"

　　我点了点头。

　　索亚耸了耸肩，说："算了，事情解决了就好。"

　　没错，我难得赞同他一回。

　　我们正要离开，周围突然响起沙石滑落的声音。我扭头一看，瓦砾下竟然伸出一把枪，枪口对准了索亚。

　　还好瞄准的是他，而不是……

　　"危险！"谁能想到媖情冲了过去，挡在了索亚身前。

　　"啊！这不是更危险了吗？！"我大喊着向他们俩跑去。

　　砰！枪声响起的瞬间，我感到胸口灼烧起来，像烙铁落在了皮肤上。直到我整个人摔在地面上，我才意识到自己中枪了。

　　"我会在地底下等着你……"瓦砾下传来沈·贡斯的声

音，冒着烟的手枪从他手中缓缓滑落。

"汤姆，你没事吧?!"索亚抱着我大喊。我多希望面前的人是娱情啊!我想要说话，却悲哀地发现自己已经发不出任何声音了。

"你为了救我，竟然不惜牺牲自己……"索亚的眼里噙满了泪水。

等等，你误会了，我想救的人不是你，而是娱情啊!

我想再看一眼娱情，却睁不开眼睛了。睁眼原来是一件这么费力的事啊……

"醒醒!醒醒，汤姆!"索亚啪啪地拍打我的脸颊。

他打得毫不留情，我脸部的痛感不断升级。是我的错觉吗?我竟然觉得被他拍脸比中枪还要痛。而且，我都快要归西了，他就不能温柔一点儿吗?

真是的，都到最后了，他还是这么不让人省心……

"醒醒……"

我睁开眼睛，眼前是索亚的脸部特写。

咦，这是……哪里?我的脸怎么火辣辣的?

"索亚·卡西迪，你真过分!"我一边揉着脸颊，一边说。

索亚耸了耸肩，一副满不在乎的样子，面无表情地问：
"既然醒了，你就给我讲讲到底做了什么梦吧。"

　　我看了看四周。狭小的房间里堆着各种各样的杂物。桌子上有几台电脑，屏保动画正在不停地变换。墙角是堆积如山的旧报纸和旧书籍，摆放着红茶罐的橱柜却格外整洁。

　　嗯，这里是我和创也的城堡，我的脑袋终于转过弯来。

　　"我先问问你，我是谁？"

　　"创也。龙王创也。"

　　"回答正确。"创也将水壶放到便携式燃气灶上，转动开关，"那你自己的名字，你应该也还记得吧？"

　　"嗯，我叫内藤内人，是个平平无奇的普通初二学生。"

　　"虽然与事实有些出入，不过算你过关。"

　　创也微皱眉头，看来他并不认可"普通"这两个字。

　　"顺便问一下，你对我的事了解多少？"

　　"你是龙王集团的继承人，号称我们学校有史以来绝无仅有的天才，但其实只是个莽撞冒失的大笨蛋。"

　　"想喝红茶的话就自己沏。"创也冷冷地丢下这句话后，拿着自己的茶杯起身离开了座椅，"接下来就请你交代一下，你究竟做了什么样的梦吧。"

创也的语气看似温柔，我却觉得自己仿佛身处审讯室，审讯桌上还摆着一台亮到晃眼的电灯。

唉，我该怎么讲呢……照实说的话，搞不好我会被创也赶出城堡。我稍稍惹他不痛快，他就连杯茶都不给我沏了，可见这人有多爱计较。

好！现在我就胡诌一个以他为主角的故事讲给他听。

"我梦见了太空战争，你在里面特别厉害……"

接下来，我就要临场发挥了！

几分钟后，创也嗯了一声，表情似乎有所缓和。

那是自然！在我的讲述中，这部鸿篇巨制的绝对主角正是创也。

"A long time ago, in a Galaxy Far, far-away（很久很久以前，在遥远的星河之中）[1]..."

我随口说了一个发生在很久以前的冒险故事：在遥远的银河系彼端，索亚·天行者和笨手笨脚的同伴（虽然不情愿，但我只能这么说）为了解救被掳走的公主以及守护宇宙的和平，和达斯·立锦戎泰[2]决一死战。

"谢谢你让我在你的梦里大展身手。"创也放下茶杯，露

---

1 电影《星球大战》系列的开场白。——译者注
2 这两个化名分别模仿的是《星球大战》里的男主角卢克·天行者和反派达斯·维达的名字。——译者注

出看似温和的微笑，"我想问你几个问题，可以吗？"

"当然，当然。"我兴致勃勃地期待着创也心情转好后能为我沏一杯红茶。

可是，他没有起身的意思，反而冷冷地说："刚才这个故事和你说的梦话完全对不上。你在梦中喊的是'索亚，你这个大笨蛋！''你能不能想好了再行动啊？！''我们每次遇到这种危险，都是因为你！'之类的。"

不知不觉间，滴滴冷汗滑过我的脸颊。

我咳了一声，心虚地问："我说那种话了？"

"嗯。"创也点头。

"你生气了？"

"嗯。"他又点头。

"需要我为你续一杯红茶吗？"

"不用。"这次，创也摇了摇头。

我彻底体会到了什么叫作"如坐针毡"，什么叫作"如履薄冰"……

读到这里，大家对我和创也有所了解了吗？

我似乎看到了很多人在摇头，那我就再详细介绍一下吧。

看了刚刚的故事，你应该能知道，创也的脑瓜很聪明。不仅如此，他还长得帅，家境好，十分受欢迎。他有一个梦想，那就是开发出史上最好的游戏，超越此前的五大杰作。没错，这家伙的脑子里除了这个梦想，别的什么也没有。他只顾着朝梦想一个劲地奔跑，哪怕脚下危险不断也根本不在意。

比如去下水道探险那次，还有半夜滞留商场那次……我们所面临的种种危险可都不是闹着玩的！传说中的游戏制作人跟我们剑拔弩张，神秘的"头脑组织"也盯上了我们……

都怪创也这个家伙，要是他能学学"未雨绸缪"，或者练练"如何与他人友好相处"，我们也不至于屡屡陷入窘境。更不幸的是，我和他好像被一条看不见的绳子绑在了一起，连 NASA[1] 研发的电锯也无法将这条绳子锯断。

总之，创也就像扑火的飞蛾，时常连累我也要被灼伤。我为了摆脱危机，每每只能绞尽脑汁，苦心竭力，想尽一切办法……

唉……

最近，我开始长胡子了，这让我十分担心自己会不会像哆啦A梦那样嘴边各长出三根长长的胡须。

---

1 即美国国家航空航天局。——编者注

创也不管不顾却还能平安无事地活到现在，我认为我的功劳很大。不过，就算没有我，我相信他也会没事的，因为他身边还有卓也先生。

卓也先生的全名是二阶堂卓也，他可以说是创也的保镖，负责在创也身边温暖地守护他。只要有人妨碍卓也先生工作，不论来者是谁，他都不会手软。卓也先生有个爱好，就是阅读招聘杂志《求职才是天职！》。（顺便一提，卓也先生的梦想是成为幼儿园老师。）

还有一些人不能忘了介绍，比如传说中的游戏制作人——栗井荣太一行人。继《绯红梦境》之后，能够开发出第六大游戏杰作的人很有可能就是他们。那么，栗井荣太和创也的关系为什么会如此紧张呢？

要是我会吸烟，此刻我一定惆怅地吐着烟圈，说："这件事说来话长啊……"

总之，自从在游戏之馆败给创也以后，栗井荣太就一直耿耿于怀。唉……

另一个不能忘了介绍的就是神秘的"头脑组织"。这个组织充满了谜团，我们甚至不清楚它真正的名字。在这次的故事中，它的成员会出现吗？（我个人希望他们最好不要出现……）

　　这个组织的力量也不可小觑。只要接到委托，小到策划一场宠物的生日派对，大到提供一个绑架发达国家首脑的犯罪计划，头脑组织都能满足委托人的需求。他们的成员遍布全球，但没人知道他们到底是如何运作的。对普通的初中生来说，这样的敌人实在太危险了，一旦被盯上，就不得不整天提心吊胆，提防随时可能出现的威胁。

　　什么？你问我们为什么会被头脑组织盯上？

　　要是我会喝酒，此刻我一定会摇晃着酒杯中的冰块，说："有些事，还是不知道的好。"

　　总之，只要创也还想打探头脑组织的正式名称，我们的日子就不会好过。唉……

　　除此之外，我想介绍的人还有很多，比如日本电视台的堀越导演和他那26个有趣的下属，以及我们班上几位个性十足的同学，等等。可是时间有限，今天就先介绍到这里吧！再不进入正题，创也又要向我投来阴森的目光了。

　　"你们准备好了吗？我们即将打开冒险的大门！"创也晃了晃夹在手指间的两张邀请函。

　　"这是……？"

"打开冒险之门的钥匙。"创也狡黠地一笑。

好吧，我懂了。就算那是"通向地狱的单程票"，我也不管了——

只能奉陪到底喽！

Are you ready（你准备好了吗）？

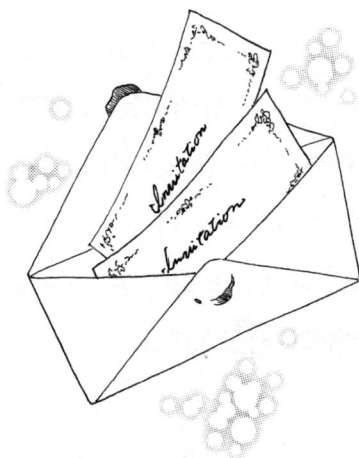

第一部

游戏开始之前

第一章
再见，悠闲的三连休

真惬意啊……

此刻我正躺在城堡的沙发上读书。

今天不上补习班，我还特意牺牲了午休时间，把该做的作业都做完了。之前的月考成绩还不错，所以我买了几本闲书也没有遭到老妈的白眼。更何况，马上就是三连休了，我想想都觉得开心！

"创也，你想不想沏上一杯可口的红茶呢？"

听了这话，正捣鼓电脑的创也默默起身，将一瓶纯净水倒入水壶中。

啪！

创也转动煤气炉的开关，然后将两个完全不配套的杯子放在一起。不一会儿，屋内漾起大吉岭红茶的香气，我便合上书，坐了起来。

创也将两杯茶放在茶几上。

"谢了。"我对他说。

创也深深地叹了口气："你犯起懒来，比太阳底下的猫更胜一筹。"

随便你说什么啦。人要学会劳逸结合，一直绷那么紧，哪怕是根橡皮筋，也会断掉的。

我一边品着热红茶的清香，一边不紧不慢地说："我可没有偷懒。接下来又没有考试，补习班也放假了，这是老天赐给我的宝贵假期，我当然要尽情犯懒了！"

创也听了我的话后，又深深地叹了口气。

我没理会他的叹气，接着说道："创也，这三天假，你打算怎么过？我比较想在城堡里看看书，打打游戏——"

我停下话头，发现创也正用同情的眼神看着我。"和平不过是战争与战争之间的小小喘息。"他说。

"啊？"

"这句话是安布罗斯·比尔斯[1]说的。"

"什么意思？"

"和平不过是人类的幻想，是战争与战争之间的短暂休息。你现在就像个忘情跳舞的醉汉，全然不知几个小时后导弹就会坠落在身边。"创也冷冷地看着我，就像科学家看着小白鼠。

---

1 美国作家，参加过美国南北战争。他以短篇小说闻名，主要作品有《鹰溪桥上》《魔鬼词典》等。——译者注

"我给你看一样好东西吧。"他将我拉到电脑前。

屏幕上是一个网站的首页，留言板部分有各种各样的帖子。我打眼一瞅，就看到了下面这些内容：

只需一招，让手按式红绿灯迅速变成绿灯

出售闲置儿童座椅和鲤鱼旗

治疗花粉过敏的偏方

如何让讨厌鬼朋友痛改前非

创也说的好东西就是最后这条吧？我立刻研读起来。嗯，嗯……"不要轻易指责和否定，首先，要让朋友自己意识到自己的问题……"原来如此，我学到了！

"如何？"创也看我一直盯着屏幕，忍不住开口问道。

"嗯，很值得参考啊。不过，你让我看这个，说明你本身也有改邪归正的想法吧？"

"你在说什么啊？"创也的声音比干冰还要冷。

我没出声，用手指了指"如何让讨厌鬼朋友痛改前非"这一条。

创也哑然片刻，随后指向显示器的下方："我让你看的是这条。"

那里有一个平平无奇的标题：**新消息**。我点进去一看——

> 终于完成了！详情见甲板上的文件4378。往前走两步，左右看看，到家后再下载吧。数学老师知道答案。

留言者是"栗"。

这写的是什么？我完全不懂啊。

创也对我说："同样的内容也出现在了其他上百个论坛里。"

"哦……"我兴致寥寥。比起这个，我认为"**如何让讨厌鬼朋友痛改前非**"更值得阅读……

这时，创也无可奈何地耸了耸肩，说："这是栗井荣太写的。"

什么？

事情发展得太快，我一时没有反应过来。

"等一下，创也。你仅凭'栗'这个网名就说是栗井荣太写的，也太草率了吧？"

"不会有错，我已经确认过那个文件了。"

文件？对了，刚才那条消息提到了"甲板上的文件4378"……

"这个'甲板上的文件4378'是什么意思啊？"

"你知道什么是云存储吗？"

"就是网盘吧？可以上传和分享文件的地方。这个我还是知道的。"

创也点了点头："'甲板'就是网盘的名字。"

"原来如此。也就是说，'甲板上的文件4378'指的是甲板这个网盘里的4378号文件？"

创也再次点头："现在请你进入甲板，将文件下载下来。"

我照创也所说，操作起鼠标和键盘。

我在搜索引擎上输入"甲板 网盘"之后，搜索结果的第一条就是名为"甲板网盘"的网址。

一进入这个网站，页面上就跳出了一艘大船，还伴着欢快的音乐和"上船吧"的语音。我这才意识到"甲板"这个名字从何而来。"上船吧"就是"上传吧"的谐音……好令人无语的幽默感。

我在文件库中找到了4378号文件。

"哼哼，小菜一碟。"我显摆起来。创也对此却不屑一顾。

他就是不愿意承认我很厉害。

那就开始下载吧，我点击了一下按钮。

"咦？"

页面中出现了"**请输入密码**"这行文字。

"创也，我不知道密码。"

创也看着我笑而不语。

我又看了一遍刚才那条信息："……**往前走两步，左右看看，到家后再下载吧**。"

"因为我们不在家里，所以才无法下载吗？"

创也摇了摇头。接着，他从旁边伸出手，开始敲击键盘。

"88467——这是密码。"

"你怎么知道？"

"显而易见。你仔细观察一下键盘。"

我认真看了看键盘。可这串密码和键盘上的数字有什么联系吗？

"观察能力对人类来说至关重要。"创也指了指九宫格小键盘，数字"8""4"和"6"的下方分别标着向上、向左和向右的箭头，而"7"的下方赫然写着一个"home（家）"。

四周的空气瞬间凝固了。

"我能发表自己的感想吗？"我说，"这个密码好无聊。"

"颇有栗井荣太的风格，不是吗？"创也笑着说。

碰上创也，栗井荣太算是遇到知音了。

输入密码之后，文件就可以下载了。下载下来的是一个压缩包。经过杀毒软件扫描后，我双击压缩包，可依旧打不开它。

"请输入密码。"同样的提示信息又出现了。我毫不犹豫地输入了"88467"。

密码错误……

"为什么打不开啊？！"我气急败坏地问创也。

"因为下载密码和解压密码不同啊。"创也像看傻子一样看着我。

"哪里写了密码不同啊？"

"你再看看刚才那条消息的最后一句——'数学老师知道答案'。数学老师平时最爱哪个字？"

"难道是……'解'？"

"That's right（没错）！"创也向我竖起大拇指。

我无话可说。

"那……知道解压密码的老师在哪里啊？"

创也抱着胳膊说："嗯，接下来的内容对你来说太难了，请你心怀感激地听我解释。"

我以强大的意志力压制住了想要暴揍他的冲动。

"'老师'也可以说成'教师'，而'教师'的发音和'今日四'一样[1]。也就是说，我们要用 4 个字符表示今天的日期。"

"……"

"比如 1 月 1 日是'0101'，12 月 31 日是'1231'。顺便一提，如果谜面是'今日五'，那就意味着要用 5 个字符来表示日期——一般是在中间加一个'/'，例如'12/31'。"

我听得一头雾水，直冒冷汗。

创也看着我，耸了耸肩："刚刚这些只是密码学的入门

---

1 在日语中，"教师"与"今日四"的发音相同，都是"kyoushi"。——编者注

知识，糊弄糊弄小孩子罢了。"

但我却是第一次听说……

"那栗井荣太怎么知道我们会在哪一天下载文件？今天的日期真的是解压密码吗？"

"'今日'指的当然是他们上传文件的日期。"

创也再次从旁边伸出手，在键盘上飞快地打出几个数字。解压完成，压缩包内是一个文档和一张图片。

创也盯着屏幕："文档上说，游戏《IN VADE》[1]已经完成，将会在三连休期间正式公开。游戏地点在 N 省围得村的栗旅馆。想要参加的人可以发邮件报名。"

说着，创也展开文档，让我一起来看具体内容。

在礼貌的开场白之后，栗井荣太还贴心地写上了交通方式、要携带的物品等细节。（注意事项的最后还有一句："我们认为香蕉算零食！"不愧是栗井荣太，面对这个无解的问题依旧果决。）

我们又点开图片，那是一幅手绘地图。"围得村地图"这几个字写得很漂亮，然而地图本身却不怎么样——老实说是很烂。地图的角落写着"丽亚 绘"，下面还有一行字——"请打印出来使用吧"，字后面是一个手绘的爱心图形。看

---

1 此处的"in vade"可以理解为"在围得村"。同时，英文单词"invade"意为"入侵"。——编者注

来这幅地图出自鸢尾丽亚小姐之手。

"看来，栗井荣太是用网络向全世界宣布他们完成了《IN VADE》。"创也拿着朱利叶斯送来的两张邀请函，笑着说，"所以，接下来的三天假期，我们就要在围得村度过了。《IN VADE》……真让人期待啊！"

这时我伸出两根手指说："有两个问题。其一是卓也先生。我们很难瞒着他偷偷去围得村吧？他一定会阻止我们的。"

"这一点你不用担心。卓也先生现在正忙得团团转，分身乏术。"

"其二，我原本计划趁这三天好好休息一下……"

"这一点你也不用担心。"创也淡淡地说。

这叫什么回答啊……不过我心里清楚，现在对创也说什么都没用，他的心早就飞到围得村去了。

请让我含泪写下下面这段文字：

再见，我梦中的悠闲三连休……只希望我们的围得村之行能够平安、顺利。（可是有创也在，我的愿望多半会落空……）

第二章
神秘游戏拉开序幕

围得村，一个早已消失在地图上的村落。

这座古老的村落迎来了一伙神秘买家——栗井荣太。

首先，他们开垦森林，在溪流上架桥，又修建了一条可以让施工车辆进出的宽阔道路。

其次，他们开始处理村中的荒废房屋——不以暴力破坏，而是谨慎地拆除。

最后，他们在村子中开展水电等基础设施的建设。光是这项工作就花费了将近一年的时间。

基础设施建设完成之后，他们将房屋重新组装回原样，铲除先前修好的道路，恢复植被，还拆掉了架在溪流上的桥。

现在的村子在外观上和之前别无二致，除了附近的一座小山丘上多了一家旅馆。

旅馆共有两层，主体是木质结构，屋顶覆了一层镀锌铜板，外墙则由白色和红褐色的砖块搭建而成。正门处挂着一块招牌，上面画着可爱的栗子图案。

囲得村

此时此刻，在这家旅馆的餐厅里，三个男人和一个女人正聚在一起讨论着什么。

"总算结束了……"

其中那个30来岁的男人环视周围，感慨万千。他身穿一件长袖高领衫和一条灯笼裤，头上还缠着一条毛巾。此人名叫神宫寺直人。

"饮料都分给大家了吧？"神宫寺确认每个人手中都拿着饮料后，才进入正题，"那么，让我们一起庆祝《INVADE》顺利完成，干杯！"

"干杯。"只有朱利叶斯·华纳一人回应了神宫寺。他金发蓝瞳，长相完全是外国人的模样，但他其实不是外国人，也不会说外语。朱利叶斯还是小学生，喝的是可乐。

坐在朱利叶斯旁边的是柳川博行，透过他乱蓬蓬的刘海可以窥见一双疲惫的眼睛。他戴着耳机，沉默地举起手中的乌龙茶。

唯一的女士鹭尾丽亚端着酒杯看向别处。她穿着一身红色的连衣裙，不拘小节地盘腿而坐，将杯中的红酒一饮而尽。

见众人如此反应，神宫寺将啤酒罐放到桌上。

"这干杯还真是冷清啊。"他取下头上的毛巾，擦了擦汗，然后砰地拍了一下桌子，"大家有什么不满，尽管直说！"

"不满多的是，"丽亚没精打采地说，"截稿日期就在眼前，我却大老远地被你拉到这深山老林里来。还有，神宫寺，你知道穿着高跟鞋走山路有多痛苦吗？"她脱下红色高跟鞋，给神宫寺看了看她脚上的水疱。

"公主，你自己不愿意穿登山靴，跟我有什么关系……"神宫寺用丽亚听不到的声音小声抱怨道。他为什么不大声说呢？答案很简单——他不敢。顺便一提，"公主"是三人对丽亚的统一称呼。

丽亚没听到神宫寺的话，还在不依不饶地埋怨："而且我千辛万苦地到了这里，才发现等着我的竟然只有一瓶便宜红酒。你叫我怎么开心地跟你碰杯?！"

"这可是啸鹰酒庄的红酒，我特意准备的。"这次神宫寺变得理直气壮了，音量也大了起来。顺便一提，啸鹰酒庄的红酒在市面上的精品葡萄酒中也称得上是第一梯队的。

丽亚瞪了一眼神宫寺，然后将剩下的红酒倒进杯中，一饮而尽。

神宫寺双手合十，以示歉意。

"那下酒菜呢？"

听到丽亚这么一问，柳川站了起来，走进餐厅旁边的厨房，端出一盘撒有帕玛森芝士的沙拉。

见了美食，丽亚的心情终于有所好转："Willow 的手艺就是无可挑剔。"

神宫寺抚着胸口，舒了一口气，小声对柳川说："Willow，大恩不言谢。"

"我更希望有个懂厨艺的人夸我。"柳川冷不丁地说了一句。

丽亚很快就吃完了沙拉，下一秒又从她大红色的皮包中取出一袋醋昆布，大口嚼了起来。

"用醋昆布搭配啸鹰酒庄的红酒……我实在搞不懂你的味觉。"

"连这种搭配都不懂，Willow 的品位太单调了。"丽亚忍不住哈哈大笑。

这时，朱利叶斯将手伸向丽亚的醋昆布，却被丽亚拍了个正着。

"你还不到吃醋昆布的年纪呢，先吃这个吧。"丽亚从朱利叶斯被拍红的小手中夺回醋昆布，又塞给了他一支棒棒糖作为补偿。

"虽然我有很多不满，但这家旅馆还不赖！就算《INVADE》搞砸了，这栋房子也可以成为我躲避编辑催稿的避风港，不算白忙活一场。"

"……"

"而且这个村子很漂亮。我们把整座村子都买下了，对吧？"

"是的。"神宫寺点了点头说，"为此我四处交涉，费了不少功夫。"

诉苦的部分被当作耳旁风，丽亚双手交握，激动地说："太好了！难怪村中的小卖铺里还留着不少零食。我也带了很多新品准备上架呢。"

"你的行李里都是零食吗？"

神宫寺、柳川，还有朱利叶斯三人不约而同地看向丽亚身边的红色包袱。

丽亚却假装没听见，岔开话题问神宫寺道："说起来，你为什么让大家在这里集合？"

"我一开始就说了啊……因为我们顺利完成了《INVADE》。"

神宫寺的语气里透着委屈，丽亚却毫不在意。

"啊，对，那必须庆祝一下了。干杯！"丽亚一个人举起了酒杯。

朱利叶斯小声对神宫寺说："看来截稿日期确实很紧迫，公主的精神都有点儿不正常了。"

神宫寺点头表示赞同。他重整心情，再次看向大家说："总之，《IN VADE》终于要启动了。朱利叶斯，都有哪些人报名了？"

朱利叶斯咬着棒棒糖，打开身旁的笔记本电脑。这台电脑名叫"小春"，与栗井荣太大本营地下室的主机相连。

"目前已确定参加的有六个人。有三个人是下载了4378号文件后发邮件来报名的，其中一个还是电视台的导演。"

"导演？"

"他说对《IN VADE》很感兴趣，想采访我们，制作一期纪实节目。"

"嗯，电视台的人还算聪明。"

"不过下载文件的人好像是他的下属。我已经回复了他可以采访，不要紧吧？"朱利叶斯问。

神宫寺点了点头："没关系，走马观花而已，不会触碰到《IN VADE》的秘密。"

"还有三个特邀玩家。其中一个是围得村的村民，剩下的……就是他们两个。"

"他们两个啊……"神宫寺喃喃道，唇舌间锋利的虎牙若隐若现。

柳川面无表情，丽亚则兴奋地大喊道："好期待呀，是不是？"

"可是，我只给他们送去了邀请函，却没有告诉他们时间和地点。他们能找到这里吗？"

"不用担心，朱利叶斯。"神宫寺说着，又打开一罐啤酒，"对各路信息保持敏感，是游戏制作人的基本能力。更何况那两人可是我们栗井荣太的对手。他们肯定已经将 4378 号文件下载下来了。"

神宫寺轻蔑一笑，继续说："要是连那种简单的密码都无法破解，我看他们就不用来了。"

这时，旅馆的门铃响了。

"这个时间，会是谁呢？"丽亚起身走向正门。

很快她便折返回来，手里还捧着一大束花。

"有人给我们寄了快递。快递员说他不知道旅馆的具体位置，因此耽误了配送时间，还向我道歉来着。"说话间，丽亚将脸凑近花束。

要是她嘴里没有嚼着醋昆布的话，这个场景一定非常唯美。朱利叶斯感到有些遗憾。

"谁送的？"神宫寺读起花束上的卡片。

> 尊敬的栗井荣太：
>
> 　恭喜你们完成了《IN VADE》的制作。我们会在三连休时登门拜访，请多指教。
>
> 　　　　　　　　　龙王创也＆内藤内人

"我没说错吧？"神宫寺将卡片扔给朱利叶斯。

"马上就能见到那两个孩子了，真开心呀！"丽亚从朱利叶斯手中抢过卡片，在上面印了一个夸张的唇印。

柳川取下耳机，问："把那两个人叫来……真的好吗？"

神宫寺挥挥右手，自信地说："Willow，不用担心，《IN VADE》完美无瑕。模拟结果也证明了我们百分之百会赢。"

收到神宫寺的眼神示意，朱利叶斯点了点头，说："我已经添加了修正程序，结果显示——"

他的手指在键盘上快速翻飞，黑色的屏幕中，无数绿色的文字接连出现，最后定格为"YOU WIN"的字样。

"我们稳操胜券。"

"真受不了你们。"丽亚将松饼丢进嘴里，又喝了一口红酒。

柳川看到她吃得这么开心，忍不住问："你这句话说反了吧？"

丽亚叹了口气，说："为什么不能好好相处呢？我甚至觉得可以让他们加入栗井荣太。"

"加入？绝对不可能！"神宫寺、柳川和朱利叶斯像约定好了似的一齐摇头。

"是他们先挑事的！"神宫寺说。

这句话激起了柳川和朱利叶斯的斗志，二人不住地点头。

"这次，换我们给他俩点儿颜色瞧瞧！"三人高举双手，齐声欢呼。

丽亚又叹了口气："希望你们不会搬起石头砸自己的脚。"

神宫寺拿起啸鹰酒庄的红酒，说："我都说了，没什么可担心的。《IN VADE》已经完成。在这里，我们连科学都能颠覆。"说着，他将酒瓶举到眼前，然后松开了手。

"就像这样——"

酒瓶离开了神宫寺的手，却没有掉下来，而是静止在空中，就像失去了重力。

"这次一定要给他们点儿颜色看！"

《IN VADE》的庆功宴一直持续到第二天黎明。不对，准确来说，在栗井荣太眼中，庆功宴开始的那一刻，《IN VADE》也拉开了序幕。

第三章
欢迎来到围得村

围得村位于 N 省北部。

几百年前，八个落魄武士建立了这个村落。

那时，这些武士伤痕累累，身心俱疲。对他们来说，只有财宝和希望绝不能放弃。

后来，他们终于找到了这样一个地方，一个有悬崖、密林、石山以及天然泉眼的地方。于是，他们在这里建起村落，并命名为"围得村"。为了不让其他人发现这个世外桃源，他们建造了城墙和城门，将整个村子围了起来。

"这个地方有龙神守护。"

诚如此言，围得村虽然位置偏僻，却有丰富的水资源。得益于此，这些落魄武士才获得了一段安稳的时光。时光流逝，村子里的人口逐渐增多，整个村子变得越来越繁荣。落魄武士们积累的财宝并没有派上用场。

> 然而，20世纪以后，围得村的泉眼却日益干涸。
>
> "龙神舍弃了村子……"
>
> 流言四起，村民一个接一个地离开了。
>
> 最后只剩下一个人。

"你在读什么呢？"我问创也。

"栗井荣太放在文件中的'围得村简史'。"创也从一沓A4纸中抬起头，"他们还挺贴心的。围得村荒废已久，不仅地图上没有，就连图书馆和网上也查不到什么信息。"

今天是三连休的第一天。

我们离开城堡，坐电车转大巴，终于来到了N省北部。

出发前，老妈一听我说"这三天假，我要住在创也家里和他一起学习。虽然最近没有考试，但我不能放松对自己的要求"，就立刻高兴地把我送出了家门。欺骗老妈，我良心不安，下次我一定要考个好成绩让她高兴高兴。

我们在山脚下车，这里有一条山路直通围得村。

"终于要到了。"

创也目光炯炯地望着眼前的群山，忙不迭地往上爬去。

看他这健步如飞的样子，恐怕很快就会累得走不动了。

果不其然，才过去 20 分钟，他的步伐就逐渐变慢，开始跟我并排走起来。

"偶尔爬爬山也不错。"创也嘴上说得轻松，头上的汗珠却出卖了他。

30 分钟后，创也已经被我甩在了身后。

45 分钟后，我就算回头也看不到创也的影子了。

唉，净拖我后腿。

恰好路边有棵巨型山毛榉，我便背靠在树干上等他。

我深吸一口气，观察起四周的环境来：山林郁郁葱葱，树叶油亮碧绿；阳光穿过绿叶的间隙，在地面投射下奇妙的图案；头顶隐约传来清脆的鸟鸣。

这条狭窄的山间小路未经修整，只能勉强容一辆轻型卡车通过。

山毛榉树的对面是一道悬崖。我向下望去，一条快要干涸的溪流在山谷中流淌着。附近有水源，这令我安心不少。

我突然想起小时候奶奶带我进山时，常对我说："你要记住，人类没有空气只能活三分钟，没有水只能活三天，没有食物只能活三周。所以，无论什么时候，都要先保证这三样东西。"

我正回想着，突然听见一阵吃力的喘气声逐渐靠近。

创也来了。他不知从哪里捡来一根树枝当作手杖，摇摇晃晃地爬了上来。他一步一步地走到我旁边，然后一屁股坐下。

"你……你不坐吗？"创也缓了口气，抬头问我。

"奶奶曾经告诉我：爬山的时候，就算累了，也不可以坐下来……"

听到这里，创也立刻站了起来，学着我的样子背靠在树干上。

我瞥了他一眼，继续说道："其实奶奶没有说过这句话。这是我的原创。"

创也什么都没说，又坐回到地上——简简单单一个举动就能说明创也对我的信任程度。

"对了，离开城堡的时候没看到卓也先生呢。"

听了我的话，创也得意地笑了："卓也先生现在是大忙人。他一口气收到了 24 个幼儿园的临时工面试通知，而且面试时间都集中在这三天。他既要写简历，又要理发，还要准备新西装，忙得团团转，哪有工夫管我们俩。"

"卓也先生竟然会抛下你不管？我还以为按他的性格，就算有私事，也不会耽误本职工作呢。"

"嗯，因为我对卓也先生说，这三天我会在家里闭关玩拼图——就是那款有 10292 片的'巴别塔'拼图。"

10292 片拼图……

我在心中展开了计算：杂货店卖的拼图一般是 300 片，我拼完大概要用 2 个小时；10292 片大概是 300 片的 34 倍，2 个小时的 34 倍……差不多是 70 个小时。也就是说，我要三天不吃不喝才能勉强拼完……

"顺便说一下，吉尼斯世界纪录中的全球最大拼图一共有 61752 片。要记住哟。"

创也又开始科普这些无用的小知识了。我的脑袋早就被数学公式撑爆了，哪儿还有地方放这种无关紧要的数字？

"不过，要是假期结束后，卓也先生没看到拼图成品，岂不是会起疑？"

"没关系，上周末我就拼完了。超过 1 万片的拼图确实有点儿难度，我花了将近 4 个小时才拼好。"

我哑口无言。创也真是个怪物。

突然，我意识到了一个疑点。

"最近这段时间，幼儿园很缺人吗？竟然有 24 个幼儿园同时招临时工？"

"是吗？我不太清楚。"创也望着旁边，一副漠不关心的样子。

我突然想到了什么，若无其事地问道："我在想，该不会有人伪造了一些面试通知吧？"

"是吗？我不太清楚。"创也依然没有扭头看我。

我换了一个问法："制作面试通知和拼图，哪个更花时间？"

"那当然是拼图了。面试通知有模板，稍微改改内容就行。"

"……"

创也，你真是个恶魔。

"好，休息得差不多了，我们赶快出发吧。"创也站起身，大步流星地向前走去。我跟在后面，仔细观察他背后有没有长着黑色的翅膀和尖尖的尾巴。

走着走着，我们面前出现了一条狭窄的隧道。隧道开在一座巨大的岩体上，贯通整座山峰。隧道内壁铺设着砖块，入口前有一个红色屋顶的小祠堂，祠堂里有一尊长满青苔的道祖神[1]像。

"隧道那头就是围得村了。"创也展开事先打印好的地图。我凑过去看了一眼。

这幅地图是丽亚小姐的大作，花花草草，云朵飘飘，可爱的细节倒是挺多，但说实话，作为一张地图有点儿难懂。

"进入村子的路只有这一条吗？"我问。

创也点点头："落魄武士们是为了避世才建立了围得村。这周围有森林和悬崖、溪流和石山，天然屏障众多，易守难攻。只要堵住这条隧道，就可以防止敌人进入。"

原来如此。既然这是唯一的选择，我们便走进了这条潮湿的隧道。

虽说只要堵住隧道，敌人就无法进入，可这样村子里的人也无法离开村子了啊……我后背发凉，起了一身鸡皮疙瘩。奇怪，这是怎么回事……

自从进了山，我心里始终有一根弦绷得很紧。想要活得久，就得多留心——奶奶的教诲，我谨记在心。可现在还未进村，一种不好的预感就找上了我。

"创也——"我想要叫住创也，却晚了一步。

---

1 日本守护村庄的神，立在村边或岔路口，传说可以保护行人，防止恶鬼、瘟疫进村。——译者注

"嗯？"创也站在阳光下，回头望我。我本想阻止他出隧道，可自己的双脚也已经踏出了隧道。

我们已经身处围得村之中了。

"Welcome to VADE Village（欢迎来到围得村）!"创也张开双手喊道。

看他这个兴奋的样子，就算我对他说"这里很危险，我们赶快回去吧"，他肯定也听不进去。我苦笑着叹了口气。

唉……

我回头看向隧道上方的山体，盘根错节的树根中间突出数块岩石。要是那里遭到破坏，围得村就会立刻变成一座陆上孤岛……

这是悬疑故事的经典模式——一群人困在与世隔绝的孤岛上，一个接一个被害。

在我的脑海中，"陆上孤岛"这几个字仿佛活了过来，在漫天飞舞的五彩纸屑中快乐地走在行进的队伍中。跟在它们身后的是带着鼓笛队走来的"暴风雪山庄"几个字，而"海上密室"这几个字则负责朝观众挥手致意……

唉……

"不管你在想什么，我们都该走了。"创也冷冷地瞥了我一眼，然后向前走去。

隧道口正对着通向村子的那条主路，我们踏着高至脚踝的野草沿路前行。这条路的两侧是一片片田地，有旱田，也有水田。不过，旱田里长满了杂草，水田的石堤多处崩塌，看样子已经荒废了多年。时不时还能看见几间瓦房，它们也都东倒西歪，杂草丛生。

我问创也："围得村已经完全荒废了吗？"

"栗井荣太的文件上说这里还有人居住。"

"几个人？"

"一个人。"

那就可以理解了。只有一个居民的话，路上长草也很正常了。

"清清静静的，不是很好吗？对听惯都市噪声的耳朵来说很新鲜。"

创也看上去很愉快，可我的耳朵已经因为周围太过安静而嗡嗡作响了。

创也叹了口气，转过身来面对着我，边倒着走路边说："你不要这么紧张，好好享受享受大自然嘛。"

"走路不看路，小心摔……"

我话还没说完，创也就摔倒了。他失去了平衡，跌倒在草丛中，摔了个屁股蹲儿。

我就说嘛！

我伸手想将创也拉起来时——

咦？我发现创也摔倒的地方有一块白花花的东西藏在草丛中，似乎不是石头。那会是什么呢？

我仔细一看，上面有两个大大的洞。

"嗯……"

我又看了看，感觉它怎么看都像……

"人类头骨。虽然缺失了颧骨和下颌骨，但毫无疑问，这绝对是头骨。"创也一语道破。

"为什么这里会有头骨啊……"

"你觉得呢？"创也将头骨拿在手中仔细观察，反问了我一句。

"我觉得这个头骨不是真的，应……应该是模型，只是做得很逼真。"

创也摇了摇头，否定

了我的推理：

"要做出这么精巧的模型，至少要花 10 万日元。这么贵的东西怎么会被随意丢在路边的草丛中呢？"

"肯定是栗井荣太干的，他们想吓唬我们。搞不好……游戏已经开始了？"

创也又摇了摇头：

"如果是这样，他们应该将它放在更显眼的位置。要不是我摔得这么凑巧，我们根本不会发现它。"

嗯……我绞尽脑汁地想。下一刻，名侦探之神突然降临在了我身上。

"创也，不必想得太复杂，只要好好想想这是哪儿。"

创也皱紧眉头看着我："语气听起来这么讨厌，你是想到什么了吗？"

语气讨厌吗？我只是在模仿创也你说话啊。

我伸出食指说："这里是围得村，地处深山老林，肯定会有很多猴子。也就是说，这个头骨不是人骨，而是猴骨！"

怎么样？多么完美的推理！

"很遗憾，猴子不镶金牙。"创也用袖子擦了擦头骨牙齿上的泥土，只见一颗金牙在太阳的照射下闪闪发光。

啊，好刺眼……

根据创也的推理，这个头骨不是栗井荣太的设计，也就是说，它本来就在这里。

我看了看四周，静谧的山村风光映入眼帘。只因这个煞风景的头骨，这里平添了一丝恐怖的气息。

"要报警吗？"我问。

创也摇了摇手指："不能报警。"

"为什么？"

"首先，这里没有信号，"创也拿出手机，屏幕上的确显示无信号，"要报警必须先下山。可下了山，就会错过《INVADE》。"

我无言以对。

"其次，警察如果要办案，势必影响游戏进程。反正我不打算报警。"创也说得理直气壮。

这家伙的道德观真是典型的反面教材啊。

"最后，在不使用化学药剂的前提下，人的头颅需要数年时间才能彻底白骨化。既然是数年前的案件，就算晚两三天报警，影响也不大。以上三点就是我不想立刻报警的理由。"

好的，我明白了。创也找了这么多理由，我就算磨破嘴皮也说不过他。

见我一副破罐子破摔的样子，创也安慰道："放心吧，游戏结束之后，我一定会打匿名电话报警的。"

"你要说到做到哟。"说着，我问了最后一个问题，"话说回来，《IN VADE》到底是个什么样的游戏？"

创也耸了耸肩。没错，我们对这个游戏一无所知。

"我只知道一件事：我们必须小心应对，不然绝对会被栗井荣太牵着鼻子走，先是输了这场游戏，然后创作出世界上最好的游戏这个梦想也可能夭折。不，最坏的情况是，我们也许再也不想创作任何游戏了……"创也说这些话时的表情十分凝重。

我终于明白他是怀着怎样的心情走进这座村庄的了。

创也拍拍我的肩膀："就当帮我个忙，现在先集中精神参加《IN VADE》吧。只要游戏结束，我就立刻报警。"

"明白。"

可是，就这样把头骨孤零零地留在草丛中，我实在不忍心。于是我捡来两块木板，开始在路边挖坑。

"创也，你也来挖吧。"我把另一块木板递给创也。

我们将头骨放进挖好的坑中，又小心地盖上土，把木板竖起来插在前面的土里充当墓碑，然后在这个小小的土堆前双手合十。

那时，《IN VADE》尚未正式开始。可现在想来，我们似乎早已深陷其中。

有些梦过于真实，会导致我们醒来时分不清自己身处梦中还是现实中。

"原来是梦啊……"

就好像正要松一口气时，却突然被人拍了拍肩膀，并被告知"梦还没有结束呢"——就是这样的感觉。

这三天的时光，究竟哪些是梦，哪些是现实呢？

在围得村里，梦境和现实的分界线正逐渐变得模糊……

我们走了一段路后，创也又拿出地图问我："我们刚才经过了几个路口？"

"三个。"

创也点了点头，说："嗯，我刚才也数了数，的确是三个。也就是说，我们要在下一个岔路口左转。"

左转之后，我们继续向前走。道路两旁长着很高的杂草，四周安静得只能听见鸟鸣——我总觉得越走越偏僻了。

"是这条路吗？"我向创也确认道。

"看地图，应该就是这条路……"创也的声音听起来有些不安。

路已经走到头了，什么都没有，只有一道低于一人高的石墙。我们拨开草丛走到墙边，看向墙那头。裸露的黑土，散乱的墓碑，地面上还有挖土机留下的痕迹。

看来墙内是片墓地，而且是土葬坟。从地图上看，第三条岔路左转走到尽头就是墓地。可我们明明是在第四个路口拐弯的。

我们数了数地图上的岔路，发现少画了一条。

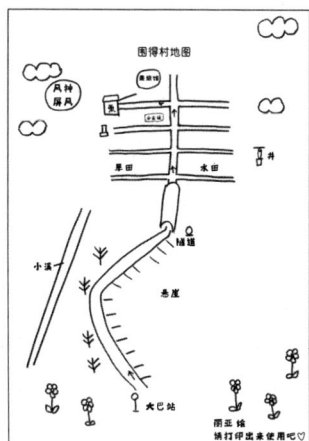

丽亚小姐……你漏了很重要的东西啊！

当然，我只敢在心里抱怨，没胆量当面指出。

我们转身离开墓地，又走回主路，不一会儿就走到了路的尽头。那里有一个低矮的鸟居[1]，鸟居后是一段向上的台阶。

"创也，地图上有神社吗？"

"没有……"

丽亚画的地图和她的性格如出一辙——大大咧咧，马马虎虎。

台阶前有一个女孩正拿着竹扫帚扫地，她上身穿着白色和服，下身穿着鲜红色的和服裙裤，看打扮是位巫女[2]。

"大部分人可能以为这种红白两色的和服是巫女的日常着装，但其实她们只有在办公室处理工作或打扫卫生的时候才这么穿。"创也向我介绍了一下巫女的着装情况，但我更想知道的是他为什么对此这么了解。

眼前这位巫女将长发绑在脑后，扎成光洁的马尾。我注意到她拿着扫帚的手指白皙且修长，亮晶晶的指甲在阳光下闪烁着光芒。

见我们走过来，巫女扶了扶眼镜，看向我们。

"你们好。"巫女向我们微微颔首。她看起来年纪不大，

1 日本神社入口处所建的大门，多为红色，形似中国的牌坊。——译者注
2 隶属于神社的神职人员，担任着祈祷、驱邪、祭祀等职务。——译者注

像个高中生。"二位是栗旅馆的客人吗？"

"是的，请问去这个旅馆该怎么走？"创也问。

"就快到了。顺着这条路向前走，尽头就是。"巫女指着我们左手边那条路说。

创也拿出地图给巫女看了看，问道："这张地图画得对吗？"

巫女又扶了扶眼镜，认真地看向地图，然后小心翼翼地问道："这是……地图吗？"

创也听了之后，将地图仔细叠好收进了口袋中。他的动作极其坚决，似乎再也不想见到这张莫名其妙的东西了。

创也再次开口："您是这个村子的村民吗？"

"是的，我叫水上亚久亚。"

说着，她彬彬有礼地鞠了一躬，长发随之舞动。

"我叫龙王创也。"

我本想跟在创也之后报上自己的姓名，却被创也抢先一步。

"他叫内藤。"

干吗抢我的话！（更别提还漏了我的名字……）

创也无视我的不满，继续问道："亚久亚小姐，您平时是独自住在这里吗？"

亚久亚点了点头："为了上小学，我曾经离开村子，搬到山下居住过一段时间。直到两年前初中毕业，我才回到这座神社，做了守护神社的巫女。"

"真是难能可贵。"

"因为我们家族世世代代都在守护这座水神神社。"

"水神……这座神社是祭祀龙神的吗？"

"是的。村里还流传着龙神的传说，你们知道吗？"

"我们读过村子的简史，大概知道一些。"

亚久亚轻轻点了点头，继续说："自古以来，这里就依山傍水，甘泉丰沛。村民们喝水、用水却全当作理所当然，毫无感恩之心。直到有一天，夜空中出现了一条巨龙，人们才明白'原来这些水都来自龙神的恩赐'。于是，为了表达对龙神的感谢，村民们便建造了这座水神神社。"

"很有趣的故事。"

创也和亚久亚相谈甚欢。我还是第一次见他和女生聊得这么开心。

我用手肘戳了戳创也，小声说："我们该去栗旅馆了。"

然而，创也再一次无视了我。

唉，真麻烦。我只好找到台阶旁边的一块大石头，坐了下来。

> 过去，我从不相信什么命运。
>
> 直到那一刻，我不得不信。
>
> 没错，与她的相遇是命运的安排。
>
> "你也要去玩《IN VADE》吗？"
>
> 听了我的问题，她轻轻点头。
>
> "但我其实不太会玩游戏。"她有些害羞。
>
> 此刻，我瞬间意识到了自己的使命。我来到这座村子，就是为了保护她。
>
> "不用担心，有我在。"我掷地有声地说。
>
> 我一定会保护……

"你在干什么？"

我抬起头，发现创也正用阴沉沉的目光盯着我。

来不及了！创也像老鹰夺食一样迅速抢走了我的笔记本，默默读了起来。

但很快，他就合上了笔记本："这……是什么？"

"老师布置的作文。"

"好神奇啊，我怎么不知道有这项作业？"

"是吗？真怪啊……"

我装傻充愣，趁创也不备，一把抢回笔记本，并将它塞回背包中。

"亚久亚小姐，我们稍后再见了！"我朝亚久亚挥了挥手，拉着创也离开了。

后来在去栗旅馆的路上，创也一直默默地瞪着我。

好可怕啊……

第四章
全体玩家入场

栗旅馆建在一座小山坡上，周围林海环绕，美得不像真实存在的地方，而像明信片上的风景。世外桃源就是这样的地方吧？

"真美啊！"

我情不自禁地发出感叹，创也却冷不丁哼了一声。看来他还在为刚才的事生气，真是个小心眼的家伙。

创也将手伸向门铃。他还没摁，门就从里面打开了。开门的人是神宫寺。奇怪……他怎么知道我们在门口？

"哟，欢迎欢迎。"

他穿着粉色夹克，内搭奶油色衬衫，衬衫领子照例翻在夹克外面。我总觉得他这身打扮应该出现在灯红酒绿的商业街，而不是安静雅致的旅馆里。

"感谢你们的邀请。"创也说。

"不，我才该说谢谢。"神宫寺嗤笑一声，"击溃了你们，栗井荣太才能神清气爽地继续做游戏。"

“确实不能总原地踏步呢。”

“你还是只有嘴上不饶人。”

两人互相瞪着对方。半晌，神宫寺才主动伸出右手，创也这才握了上去。握手时，神宫寺右手腕上的金手链叮当作响。

“不过我很欣赏你这种不服输的劲头，这样才配做我们的对手。”

神宫寺拉开门，领我们走进旅馆。门后便是大厅，空气中飘荡着新鲜木头的气息。大厅最里面有个小柜台，柜台左侧是一间办公室，右侧则是厨房和餐厅。

“Willow，你带他们参观一下吧。”神宫寺对坐在柜台里的柳川说。

柳川默默起身，从办公室里取了钥匙，一言不发地走在我们前面。我们跟着他，从旅馆大门旁边的楼梯来到二楼。

"好气派的旅馆啊。"我小声对创也说。

"这个面积的话，大概值1600万日元。"

"你还挺懂行情。"

"前段时间我随手翻了些房地产杂志，上面恰好提到过一栋2600平方米的二层木造建筑大概值多少钱。"

创也这个人见到文字就要读，简直有点儿走火入魔了。实在没东西可读了，他连辣椒油瓶上的标签都不会放过。

这时，柳川突然回头，冷不防咕哝了一句："是215亿……"

什么？

"我们花了215亿日元才建成这座旅馆。请不要以为这里只值区区1600万日元。"

这句话说得很轻，却震耳欲聋。他竟然用"区区"来形容1600万日元，不愧是栗井荣太，财大气粗。

沿楼梯上到二楼，左边有卫生间、储物间和洗手台，右边走廊两侧都是客房。柳川将走廊右侧第一间客房打开。

"这个房间有11平方米左右，够两个初中生住了。"柳川将房间钥匙放到桌上后，转身离开了。

我换下了被汗水浸湿的衬衫。创也则连背包都没取下，就这么直挺挺地躺在了床上。

"215亿日元啊……"他小声嘟囔道，"我不理解。为什么栗井荣太要花这么多钱来做这个游戏呢？"

"咦，你竟然会想这个问题……"

"为什么不会？"

面对创也的质问，我只能微笑一下搪塞过去。

我要是如实说"因为龙王创也和栗井荣太都是会为了游戏散尽家财的大笨蛋"，肯定会被他痛揍一顿。

这时，门口传来人声。

"为了这个游戏，栗井荣太可是赌上了自己的尊严。215亿日元不过是洒洒水而已，要是再加上改造围得村的花销，还不知道要翻上几倍……"

来人是朱利叶斯，他端着一个托盘，站在我们房间门口。

"这家旅馆的服务员进门前都不敲门吗？"创也从床上坐了起来。

于是，朱利叶斯用指尖轻轻叩了几下门，露出一个标准的服务员式微笑，说："欢迎光临栗旅馆。"

只有我知道这天使般的笑容下藏着一颗小恶魔的心。

朱利叶斯迈着轻快的步伐走进房间，将托盘上的两杯橙汁放在桌子上。

"刚才你说'改造围得村的花销'……所以你们到底花了多少钱啊?"创也问。

"我不知道。"朱利叶斯淡淡地说,"神宫寺让我们别问。我只知道 Willow 好像很头疼,公主却兴奋得不行。"

听了朱利叶斯的话,我的额头上冒出不少冷汗。这些人真是令人难以想象……

朱利叶斯张开双手,得意地说:"趁现在好好休息一下吧,留给你们的时间可不多了。"

"……"

这句话让甜甜的橙汁都变苦了。

"你们很快就会落荒而逃,再也不敢挑衅栗井荣太了。"

从金发蓝瞳的朱利叶斯嘴里冒出"落荒而逃"这种词,总让我感觉自己在看外国译制片。

"我只有一个问题。"创也伸出一根手指说,"栗井荣太就没有考虑过输给我们的可能性吗?做游戏时必须考虑到所有可能性,不然就会制造出残次品。"

朱利叶斯瞬间变了脸色,但还是斩钉截铁地说:"栗井荣太的游戏绝不会有失误。跟你们说实话好了,我曾经用你们的数据进行过一次测试，《IN VADE》的确产生了不可预测的漏洞。所以我又补充了一个修正程序……结果就是，现在你们毫无胜算。"

从容又回到了朱利叶斯的脸上："想夹起尾巴逃跑的话，趁现在哟，尊敬的客人们。"

听完朱利叶斯的话，创也又伸出一根手指。

"你不是说只有一个问题吗？"

"不是提问，而是请求。长途跋涉很累，我们没空听你说梦话。请让我们休息一会儿。"

朱利叶斯的脸因为愤怒一下子涨得通红。不过，很快他又恢复了笑脸。

"好，恕我失陪。"说完他便离开了。

"喂，创也。"我对躺在床上的创也说，"要睡觉就盖上被子，别感冒了。"

"我怎么可能睡得着？"创也闭着眼睛笑了出来，"我兴奋得不得了，甚至想大喊大叫！你就一点儿都不激动吗？"

一向冷静自持的创也竟然也有这么兴奋的时候，真是难得一见啊。

"我甚至想绕着村子跑上几圈，为了避免额外的体力消耗，这才决定躺在床上不动。"

"知道了，那我去外面走走。"我给创也盖上一条毯子，走出了房间。

虽然没有说出口，但其实我和创也的感觉相差不大。来到山里，我早已按捺不住兴奋的心情。

真安静啊……

我习惯了城市的喧嚣，身处这么安静的环境反而感觉有些不自在，甚至开始耳鸣。

我走出旅馆，在村中漫无目的地散步。经过神社前，亚久亚却不在。我接着往前走，路过了通往墓地的那个岔路口。走着走着，我发现路边恰好有一个适合坐下休息的大树桩。

山中绿意葱茏，一片片植物中，灰色的屋顶随处可见，像装饰品一样点缀着山林。再过十年——不，最多五年，这个村子就会被绿色吞没了吧？我坐在树桩上，迷迷糊糊地想着。此情此景仿佛世界末日后，全世界只剩下我一个人。

就在这时，有个人影出现在热气升腾的小路那头。这是……幻觉吗？

人在山中经常会产生幻觉。

"你如果不相信眼前的景象，那就倒立吧。要是倒立着也看得十分清楚，那就说明你看到的东西不是幻觉。"很久以前，奶奶曾这样说过。

我倒立起来，人影非但没有消失，还逐渐向我走近。

这人下身穿着一条脏兮兮的牛仔裤，上身配一件简朴素净的白衬衫。最后，我看到了他的头——是个约莫 35 岁的男人，长发蓬乱，看起来像个在寻找自我的旅途中迷路的无业游民。

"你好……"男人看着正在倒立的我，怯生生地开口道。

"你好。"

听到我回话，男人反而受了惊吓，朝着神社的方向一溜烟地跑了。

我停止倒立，目送男人离开。虽然不是我的幻觉，但这个男人的确散发着一种很古怪的气息。

四周又安静下来，我坐回树桩上歇脚。不一会儿，对面又来了一个大叔和一个女孩。

我立即开始倒立，因为我觉得那个女孩很像我的同学堀越美晴。

这一定是幻觉！

然而，幻觉走到了我跟前，还对我发问："内藤同学，你为什么要倒立啊？"

堀越美晴的父亲堀越导演开口说："美晴，有时候女孩是很难理解男孩行为背后的深意的。"

这两个人……不是幻觉……我赶紧放下双腿，站在地上。

我清了清嗓子，装作无事发生。

"哦，欢迎来到围得村。话说回来，你们为什么会来这里？"

"因为我的一个下属在网上发现了一个有趣的帖子。"

回答我的是堀越导演，他在日本电视台制作真人秀节目。只不过，那种有剧本、有台词的节目是否能叫真人秀，还有待商榷……

"为了做节目，收集各种信息也是我分内的工作之一嘛。"

堀越导演在工作方面向来尽心尽力。他有 26 个下属，分别以 A 到 Z 命名。据说，I、B、M 这三人专门负责跟电脑相关的事务。

"我想采访帖子的发布人，正巧对方也同意，所以今天我和美晴先来踩点。"堀越导演乐呵呵地说。等有一天长大成人，我也要像他这样开心地工作。

我看向美晴，她立刻会意："我是对 RRPG 比较感兴趣啦……听说龙王同学在制作游戏，我就想了解一下，也许能跟他多一些共同话题……"

"你怎么知道创也在制作游戏？"我心有不甘地问。

美晴却指着我说："哎呀，这还是你告诉我的呢！"

好像是这么回事……这么久远的事，她记得还真清楚。

美晴的眼睛闪闪发亮："看样子这次算是来对了！既然你在这里，龙王同学肯定也在吧？"

我极不情愿地点了点头。

不过，事情变得有些麻烦啊……我想起了刚才创也和亚久亚说话的样子。他们看上去很聊得来。要是这个场面被美晴撞见了，她肯定会伤心的。可是我不想看到她伤心的样子……

啊，等等！我突然灵机一动：我可以在她伤心的时候安慰她啊！

"忘了那个巫女和游戏迷吧。"

嗯，开场可以说这句台词。

不对不对，通过贬低创也来抬高自己，这种做法是不是有些卑鄙？

唉，真是进退两难。我的内心展开了天魔之战，天使和恶魔打得有来有往，而我却无能为力，只能被迫卷入这场战争……

"内藤同学，你怎么了？"美晴的声音将我拉回现实。

"没事，我在思考世界局势，有些走神而已。"我胡乱编了个借口。

美晴惊讶地望着我。

"不说了，我们赶紧去旅馆吧。那个……创也在等着我们呢。"我催着他们父女二人往旅馆走去。

我们很快来到那个通往墓地的岔路口。见我毫不犹豫地继续前进，堀越导演拦住我。

"等一下，不应该在这儿拐弯吗？"他拿着地图，指着墓地的方向说。

"那张地图画错了。"

正当我准备给堀越导演讲解地图的错误之处时，一个老人从村口的方向走过来了。

此人身姿挺拔，步伐也稳健有力，所以直到他走近，我才发现是个老人。他应该有 80 多岁了，脸上刻着深深的皱纹。老人穿着一身白色的亚麻西装，得体又不失利落，草帽下的花白头发在阳光的照耀下闪着银色的光。

老人看到我们后，取下帽子，向我们点了点头。

我们赶紧低头向他回礼。被老人庄严的气质感染，我们三个人都站得笔直。

老人和我们打完招呼，便拐上了通往墓地的岔路。

"啊，请等等！"我急忙追上老人，无意间发现自己比他矮了整整一头，"您是要去栗旅馆吗？这条路只能通往废弃墓地。"

老人回头看了我一眼，之前那双锐利的眼睛此时变得柔和起来。

"谢谢你。可是地图上说应该这么走……"老人说着，从上衣的口袋中取出一张打印出来的地图。

"啊，那是因为地图画错了。"

"嗯……"老人将地图认真地叠起来，放回口袋里，"我叫金田昭之助，你呢？"

"内藤，我叫内藤内人。"

"哦，内藤同学……"金田先生拍了拍我的肩膀，说，"我确实要去栗旅馆，参加《IN VADE》这个游戏。你呢？"

"我也一样。"

"哦……嗯,你刚才说这条路不通向栗旅馆,而是通向墓地。我不认为你在说谎,只是我岁数大了,这顽固的性格想改也改不掉……"金田先生严肃地盯着道路尽头,"我必须亲自看看这条路到底对不对。"

我想我能理解金田先生的做法。

"那我们稍后在栗旅馆再会。"说完,金田先生便快步向墓地走去。

我陷入沉思:金田先生、堀越父女、之前遇到的"寻找自我的旅人"、巫女水上小姐,还有我和创也,这么多人都是来参加《IN VADE》游戏的……

突然,远处传来轰隆一声巨响。

我下意识地护住头,然后迅速观察四周。刚才的声音……是山体滑坡!

奶奶曾告诫过我,山中有几种声音最危险,刚才的轰隆声便是其中一种。听方向,它应该是从村口传来的。

我急忙向村口跑去,堀越父女和金田先生紧跟在我身后。

跑到村口附近时,我们停下脚步愣住了。虽然我已有预感,但眼前的景象还是让我心底一沉:几棵大树连带着岩石和沙土,把隧道口堵得严严实实。

好吧……这样一来，我们就无法离开村子了。

"我的运气不错。"金田先生感慨道，"要是这滑坡再早几分钟发生，恐怕我就被埋在泥土之中了。"

我没作声，小心地爬上坍塌的土堆。

"太危险了，内藤同学！"

情况这么紧急，美晴还在担心我的安全，我努力控制着脸颊的肌肉，不让自己笑出声来。

我想查看泥土的情况。只要进了山，我就会本能地留心身边的地形，确认有无山体滑坡的风险。先前我刚出这个隧道口时，就发现其上方长有数棵大树，它们粗壮的树根足以固定土壤和岩石。最近没有下雨，自然不是雨水让土壤松动的。然而，滑坡还是发生了。

这是为什么呢？

我凑近土堆闻了闻。除了泥土和树木的味道，我还闻到了一股奇怪的味道。这是……黑火药！

看来这不是天灾，而是有人用火药炸毁了隧道。

第五章
领取角色，祝你们好运

"所以，你觉得是谁炸毁了隧道？"创也躺在床上读着一本名叫《万花筒》的小说，问我。

我摇了摇头。

"现场确实留有黑火药的味道，对吧？"

这次我点了点头。

创也从床上坐了起来："你知道吗？传说火药起源于长生不老药。"

没用的小知识又来了……

"中国古代的皇帝想长生不老，便命令术士炼制仙丹。可术士在实验过程中不小心引发了爆炸，于是发明了火药。不过，这传说是真是假就不得而知了。"

"别聊什么真假难辨的传说了。你觉得是谁堵住了隧道呢？"

"线索太少了。"创也漫不经心地说。

创也向来心高气傲，绝不轻易承认"我不知道"。

"我和神宫寺说了山体滑坡的事，但他好像并不惊讶。难道是栗井荣太干的？"我想起神宫寺刚才的反应，忍不住分析道。

"《IN VADE》还没开始。我如果是栗井荣太，就会在游戏开始之后再制造滑坡。"

"那为什么神宫寺他们一点儿都不吃惊呢？"

"哦，那麻烦了。"当时，他只回了这么一句话便不闻不问了。那条隧道可是进出村子的唯一途径啊……

"这个问题先放一放，目前，把那个炸毁隧道的人揪出来更重要。"创也说。

我开始思考。总之，先试试排除法吧。

"如果不是栗井荣太，难道是堀越父女？不，不太可能。"

"为什么不可能呢？堀越导演那么喜欢突发事件，搞出个爆炸也很正常。"

嗯，创也的话也有几分道理。若真是堀越导演，我简直能想象出他的作案动机——我只是想看看大家被困在这里之后有什么反应啦！

"还有一个人比堀越父女更早进村。那个人有嫌疑吗？"

那个 35 岁左右的旅行者？唉……创也说得对，线索太少了，推理不出什么结果。

"这么说的话，金田先生也有机会放置火药。啊！我搞不懂！"

"亚久亚呢？她也一样有机会啊。"创也说。

我有些意外，没想到创也竟然会怀疑亚久亚……

"她有什么理由堵住隧道呢？"我不解地问。

创也微微一笑："此前她一直在村中独居，只有今天，村子才恢复了些往日的热闹。如果放我们回去，她就又要独自面对孤独了，所以才设计炸毁了隧道。如何？这个动机有说服力吗？"

"不太现实。"我毫不留情地否定了创也的推理。

创也又躺回床上看书去了。

"所以我刚才不是说了，现在线索还太少，所有推理都只能停留在想象阶段。"

"是啊……"我也坐回自己的床上。

没过多久，创也突然喃喃道："路边的头骨，人为的山体滑坡……"

书挡住了他的脸，让我看不清他的表情。

"真相会是游戏有漏洞吗？抑或是别的什么呢？好期待

事情的发展啊。"

这种时候的创也最叫我感到害怕。他到底在看些什么，又在想些什么呢……平凡的我只觉得他一下子变得很遥远，而且深不可测。

呼——

我深深吐出一口气，把这个念头从脑中清除出去。

为了转移注意力，我指着创也读的书问："这本是旧书吧，好看吗？"

"啊，这个吗？"创也看了看手中的书，"漏洞随处可见，并不仅仅局限于游戏的世界。"

创也又在说些我听不懂的话了。

黄昏将近，所有人在餐厅集合。出席的人有栗井荣太四人、我和创也、堀越父女、金田先生、水上亚久亚，还有那名陌生的"旅人"。

亚久亚换下了巫女服，长发散落在肩上，看起来就像个普通的高中生。她看到创也，轻轻朝他点了点头。（我只得到了一个眼神，没有点头。）

创也报以微笑，同时轻轻点头致意。

这一切都被美晴看在了眼里，她的脸上写满了惊诧。

我想起奶奶曾说过："风暴来临之前，一定会有预兆，比如野兽突然狂乱不安，你感到耳鸣，或是风向突然改变，等等。"

"那出现这些预兆以后，我该怎么办呢？"

奶奶摸了摸我的头："尽可能保护好自己。只有远离风暴中心，才能长命百岁哟。"

奶奶很慈祥，说这话时，眼神中却不带笑意。谢谢您，奶奶，我一定不会错过风暴前的征兆。

朱利叶斯在角落里安静地做着一个塑料的 UFO 模型，它的形状很像科幻电影《第三类接触》中出现过的那种。

烛台上的烛火微微摇晃，餐桌上摆满了各式各样的菜。有几道菜看着有些倒胃口，我就装作没看到吧。美味佳肴在前，我都快要忘了自己来这儿的目的了。

在神宫寺的催促下，大家纷纷落座。

"虽然现在吃晚饭有些早，但考虑到接下来的安排，我们还是提前为大家准备了餐食。"神宫寺伸出手，展示桌上的菜品，"这些饭菜由柳川和鸢尾倾情制作。柳川的手艺，我可以向各位保证。"

言外之意就是，丽亚小姐的手艺，他不敢保证喽？

神宫寺话中的主角柳川没有任何反应，依旧安静地听着耳机中的音乐。丽亚小姐莞尔一笑，邀请大家用餐。我暗自决定，一定要小心那几道卖相不佳的菜。

"我来点个名！"这时，朱利叶斯将手中做了一半的模型收好，拿出一个文件夹板，愉快地说，"日本电视台的堀越隆文和堀越美晴。"

"到！"

堀越导演举起手，神采奕奕地回答。美晴感到有些丢脸，轻轻扯了扯父亲的袖子。

"金田昭之助。"

"到。"

金田先生的回答简短而有力，和堀越导演激昂、兴奋的情绪完全不同。

"森胁诚。"

"寻找自我的旅人"轻轻举起了手。

"水上亚久亚。"

亚久亚点了点头。

"龙王创也和内藤内人。"

我轻快地应了一句，而创也只是默默地点了点头。

点到这里时，朱利叶斯抬起头，问："二阶堂卓也先生怎么没来？"

"我从来都没说过卓也先生会一起来。你为什么问起他？"创也问。

朱利叶斯说："我以为他肯定会跟来的。"

创也耸了耸肩："他正忙着求职，没空来这里。"

"是吗……真遗憾。"

"这对你们来说不是好事吗？如果卓也先生在，我们就更强了。"

朱利叶斯怔了一下，旋即看向神宫寺、丽亚和柳川。

神宫寺露出讪笑，仿佛在说"你们真是自我感觉良好"。

"真可惜，帅哥我是不嫌多啦……"丽亚语带失落，打开了手包。我本以为她会从包里拿出手帕，没想到却是一个甜甜圈。

"马上就吃晚饭了。"朱利叶斯说着从丽亚手中夺走甜甜圈，丽亚的表情更难过了。

"之后要少准备一个人的餐食才行了。"柳川小声嘟哝了一句。

"唉，真想让那个帅哥尝尝我亲手做的菜啊。"丽亚愁云满面。

看来栗井荣太相当自信，而他们也的确有这个实力。

创也当然也明白这一点。他抱着胳膊，没再作声。

晚餐开始了。

很多菜我从来都没见过，好吃得让我停不下筷子——不，也可能是因为我的筷子只伸向那些外观正常的菜。

"哇，怎么每道菜都这么好吃！日本电视台有一档节目叫《料理艺术家》，你们真应该报名参加。"堀越导演手持刀叉，衷心地夸赞道。

《料理艺术家》是一档由十位评委为各种美食品评打分的烹饪节目。

"没兴趣，菜能吃就行。"柳川的反应十分冷淡。

柳川如果是厨师，得到这样的称赞肯定会很开心吧？可惜他是个游戏制作人。

"这盘是我亲手做的，您可否赏光？"丽亚说着，优雅地将一盘卖相糟糕的菜推向堀越导演。

堀越导演犹豫了一瞬，但他的警惕心还是不够——

"能尝到如此美丽的小姐的手艺是我的荣幸。"说完这句做作的话，堀越导演便将菜放进了口中。

下一秒，他脸上的表情可谓风云变幻。

"失陪一下……"

堀越导演站起身，急匆匆地离开了餐厅。明明痛苦得满头大汗却仍不忘礼貌地微笑，堀越导演的品行令我叹服。

神宫寺、朱利叶斯，还有柳川，见状纷纷垂下目光。我依稀想起朱利叶斯曾经说过，丽亚做的菜可以当作捕兽的陷阱。（他还说，此法并不适合活捉。）

我不动声色地将那些卖相吓人的菜推到餐桌中央。其他人也都默默地避开了它们。

堀越导演回来了，脸色看起来仍不太好。

"我突然想起父亲临终前曾告诫我：绝对不能吃美人做的菜。"

"爷爷什么时候过世了？"

美晴大为吃惊，堀越导演只好连忙摆手，阻止她继续发问。

"不好意思，我还是下辈子再来品尝丽亚小姐的手艺吧！"堀越导演飞快说完这句话便低下了头。

"大家接着吃，我有些话想说。"神宫寺适时站了起来，"首先，请允许我向各位致以诚挚的谢意，感谢各位注意到这款尚未发布的游戏，又不远万里来到这么偏僻的山村。"

神宫寺低头致谢，朱利叶斯也向大家点了点头，丽亚保持微笑，柳川仍闭着眼睛听音乐。

"下面由我来介绍一下《IN VADE》这款游戏吧。"

在进入正题之前，我先来给大家介绍一下什么是RPG。（要么是从创也那儿听来的，要么是我在网上搜到的。）

最早的RPG是一种多人参与的桌上游戏，不需要任何机器，只要准备好游戏说明书、骰子和纸笔等道具，玩家们便可以通过对话来推进游戏。后来的RPG主要是电脑游戏。如果要给RPG下个定义的话，简单点儿说就是：需要在虚构世界中扮演某个角色并进行活动的游戏。

游戏会为玩家制订主线任务，比如逃离妖魔横行的地下迷宫，成为黑帮老大，或者从恶龙手中救出公主，等等，千奇百怪。

每个玩家都有各自的角色设定和专属技能。在游戏中，玩家需要按照角色的设定去行动，用角色的技能来完成任务。当然，如果遇到解决不了的难题，也可以寻求其他玩家的帮助，取长补短。

栗井荣太和创也的目标——RRPG 既不是桌游，也不是电脑游戏，而是一种将 RPG 引入现实世界的真人角色扮演推理游戏，玩家必须在现实世界中思考、行动和解谜。

既然是游戏，自然就有规则。为了维护游戏的秩序，栗井荣太还专门设置了一个"主持人"的角色。

关于《IN VADE》这款游戏，我和创也的了解仅限于它的名字。至于我们扮演什么角色，又需要完成什么任务，一切都是未知数。

"首先，游戏背景方面——"此时，神宫寺成了全场目光的焦点，"我只有一句话送给各位：人生瞬息万变。"

神宫寺神秘一笑。他的话好像某些小说的宣传语，让人既好奇，又摸不着头脑。

"'人生瞬息万变'是什么意思呢？"堀越美晴问。

"就是字面意思，小妹妹。"神宫寺回答，"我们已经写完了《IN VADE》的剧情，这个故事会随着游戏的推进慢慢展现在大家面前。但玩家的行动同样可以左右故事的发展，就连我们也不知道这个故事最终会变成什么样子，所以我才说'人生瞬息万变'。"

所有人都静静地听着。

"《IN VADE》分为几个关卡。后天中午，所有关卡结束，游戏告终。"

"什么时候开始第一关？"创也问。

"到时候就知道了。"神官寺的回答有些模棱两可，"先来看看各位分别是什么角色吧。"

听到这句话，朱利叶斯拿出一台笔记本电脑放到桌子上，点亮屏幕："基于大家的性格数据，小春为各位随机分配了角色和设定。"

"小春是谁？"我问。

"这台笔记本电脑。"朱利叶斯一脸不耐烦，仿佛在嫌弃我抓错了重点。

"好名字。"创也的语气里满是赞赏。在取名方面，他和朱利叶斯倒是惺惺相惜。

朱利叶斯开始读显示屏上出现的信息。

"金田先生是'废墟爱好者'。请您扮演一位热衷于寻找废墟，四处探险的退休老人。"

金田先生就像士兵接受命令一样，严肃地点了点头。

"不用担心我。别看我是个老头儿，但游戏玩得还不错。"看到我担忧的神情，金田先生说，"我退休之后实在太闲，只好用游戏打发时间。"

朱利叶斯继续读下去："森胁先生是'UFO 科学家'。您认为 UFO 的真面目就是外星人的飞行器，为此做了很多研究。周围人觉得您的想法很怪。"

森胁先生露出苦笑。说起来，朱利叶斯刚才在拼的 UFO 塑料模型难道是……游戏道具？

"堀越导演是'职业摄影师'。您的工作就是用照片记录美景，分享给更多的人。"

"这个角色简直是为我量身定做的。"堀越导演满意地笑了。

"堀越美晴、龙王创也，还有内藤内人，你们三个是'天文社的成员'。你们约好趁着放假去围得村观星，因为你们听说这里空气纯净，很适合天文观测。"

"嗯，这个设定不错，我喜欢看星星。"创也用手扶了扶眼镜。

美晴则满脸崇拜地看着创也。

呃……没人在意我的天文知识储备，我只好自行回忆起来：我知道天上有北极星——这是奶奶告诉我的，我永远不会忘——还知道怎么辨认北极星……就这些。

"咦？"朱利叶斯盯着显示屏，有些迟疑。他扭头用眼神向神宫寺求助。

神宫寺看了看显示屏，扬起嘴角笑了："原来小春是这么判断的啊。"

他点点头，示意朱利叶斯继续读下去。

朱利叶斯犹豫了片刻才继续说："二阶堂卓也先生是天文社团的'领队老师'……"

"等一下。"创也打断了他，"卓也先生并不在这里。给不在场的人分配角色，代表你们的游戏有缺陷啊。"

"我们的游戏品质不劳你操心。"神宫寺严肃地说，"既然小春给二阶堂卓也分配了角色，那就说明他一定会来参加《IN VADE》游戏。我相信小春的判断。"

"卓也先生会来……"创也丢下这句话便陷入沉默。这台电脑竟然认为卓也先生会来参加游戏，我不禁感到一阵胆寒。

"水上亚久亚，你是'留守在村子里的村民'。这个角色跟你本身的身份一致，扮演起来应该不困难吧？"

亚久亚点了点头。

"接下来是栗井荣太的角色。首先，是柳川博行。你是'栗旅馆的老板'。"

柳川没有说什么。

"其次，是鸢尾丽亚——"朱利叶斯突然顿住了。他茫然地按下几个按键，又露出了比刚才更加疑惑的神情。

"怎么了，朱利叶斯？"神宫寺问。

"小春好像出故障了。怎么办……我没有带备用电脑。"

神宫寺瞥了一眼屏幕，立刻大惊失色地抱住头："完了！竟然会出现这种 bug（漏洞）！"

"我的角色有什么 bug？"丽亚也看向屏幕，"这挺好的啊！哪里有问题嘛！"她挥舞起手中的棒棒糖。

"我错了，丽亚！饶了我们和小春吧！"神宫寺哀号道。

朱利叶斯万念俱灰地说："鸢尾丽亚是'爱做饭的美食家'……你听说栗旅馆的餐食十分美味，于是慕名来到这里一探究竟。"

"这个角色就是我本人嘛，小春真懂我！"丽亚得意起来。

创也凑过来小声对我说："听朱利叶斯说，以前栗井荣太的住处周围总是有许多乌鸦，它们把垃圾翻得乱七八糟。但自从他们将丽亚做的剩饭丢出去之后，乌鸦便销声匿迹了。居委会为此还专门给他们送了奖状。"

丽亚的手艺真是令人闻风丧胆。

朱利叶斯继续介绍:"最后,是我,朱利叶斯·华纳。我扮演的是……'美食家的弟弟'。什么跟什么啊!"

朱利叶斯对着电脑发起了牢骚。小春当然不会回应他。

丽亚却喜笑颜开地说:"好高兴呀,我突然多出一个可爱的弟弟!想要什么就跟姐姐说。零食吃不吃啊?"

丽亚把包里的零食一股脑儿倒了出来。

朱利叶斯干笑着别过脸:"小春今天是出了点儿故障,再怎么说,我也应该是'儿子',而不是'弟弟'吧……"

丽亚立刻朝朱利叶斯伸出了"魔爪":"刚刚就是这张嘴在乱说话吧?"

朱利叶斯的嘴巴被丽亚像扯橡皮筋那样扯来扯去,而神官寺和柳川在一旁假装什么都没看到。栗井荣太内部的等级划分可见一斑。

朱利叶斯好不容易才挣脱丽亚的"魔爪",捂着通红的嘴巴,继续介绍角色分配情况。

"以上就是各位的角色设定了。除了'极个别人',小春为大家分配的角色都较为贴近本人。""极个别人"这几个字被朱利叶斯故意含糊过去，"所以游戏开始之后，请大家扮演好自己的角色。"

咦，神宫寺的角色好像还没介绍啊！

神宫寺注意到了大家的疑惑，开口说道："我是游戏主持人，没有角色。为了让游戏更好地推进，我会随时出现，调整游戏进程。"他说话的时候，那颗锋利的虎牙若隐若现。

"'没有角色'是什么意思？"我小声询问创也。

"嗯，意思是……"创也用手挠了挠脸颊，解释道，"他负责管理整个游戏，确保游戏可以顺利推进，可以说是权限最高的人。"

"就像'神'一样吗？"

"你可以这么认为。"

原来如此。我似懂非懂……

神宫寺说："相信各位已经理解了游戏规则。游戏开始之后，请大家按照各自的角色设定去行动。"

"我有一个问题。"森胁先生举起了手，"你们说要按照自己的角色设定去行动。请问，我该怎么做才能符合'UFO科学家'这个设定呢？"

"你觉得住在旅馆里方便观察 UFO 吗？"神宫寺说。

柳川像是跟神宫寺打配合一样拿来一个用收纳袋装着的帐篷。

"那'废墟爱好者'应该住在废墟里？"金田先生问。

神宫寺点了点头，说："村里的废弃房屋任您挑选。"

神宫寺竟然对老年人也如此冷酷无情！

"金田先生，我这样说可能有些冒昧，但是您一把年纪了，确定要住在破屋里吗？"虽然堀越导演的语气充满了对金田先生的关切，但我多少听出了一丝庆幸之意——太幸运了！我可以住在旅馆里哟！

"多谢关心，我经常在外野营。"

创也在旁边戳了戳我的肚子，小声问："你的奶奶是不是和金田先生很像？"

嗯，听创也这么一说，我确实觉得金田先生和我的奶奶有点儿像，但还是有些不同……

朱利叶斯边看电脑，边对大家说："现在讲一下房间的分配。我和丽亚、柳川住在一楼。堀越导演和美晴住二楼，每人一间。龙王创也和内藤内人，你们还住现在的房间。你们隔壁的房间请空出来。"

"为什么？"创也问。

朱利叶斯答道："因为小春说要留一间房给领队老师。"

创也陷入沉默。要是卓也先生真能"神兵天降"，我们俩说不定就得当场弃权了……

"那么，第一关即将开始。"神宫寺看了看手表，接过主持局面的角色，"请大家回到各自的位置上稍作等待吧。"

"等等，我们怎么才知道游戏开始了？"森胁先生举起手问。

神宫寺露出神秘的笑容："不用我说，到时各位自会明白。"说完，他扫视房间内的各位玩家，似乎在问大家是否还有问题。

"请让我问最后一个问题。"创也开口问，"RRPG 说到底还是游戏，不算现实世界。你们应该可以保证玩家的人身安全吧？"

神宫寺又笑了："当然了。我们为了创作游戏可以赌上性命，但不会让玩家冒着生命危险玩我们的游戏。"

"听你这么说，我就放心了。"创也点了点头。

我也松了一口气，只是不知道神宫寺的话有几分可信。

"那么，各位——"神宫寺伸出两根手指，比了个胜利的手势，"Good luck（祝你们好运）！"

游戏编外人员：
卓也先生

咻！

矢吹轻松打出一个右直拳。

他感觉自己的手臂上仿佛装了个推进器，挥出的拳头势不可当。

接下来是平勾拳和上勾拳。这次，矢吹听到了空气被撕裂的声音。

状态绝佳，矢吹感到心满意足。只是路过的行人看到矢吹对着空气挥拳，都皱起眉头默默远离了他。

矢吹是名职业拳击手。他首次出战仅用两个回合就将对手击倒，接着又连胜四场。东亚锦标赛冠军是他的下一个目标。

很好，只要保持住这个状态，锦标赛夺冠肯定没问题。矢吹攥紧拳头，拼命忍住笑意。

"别盯着那个人看！"一位妈妈把一直盯着矢吹看的孩子拽走，拉开孩子和他的距离。

不行不行，越是这种时候，越不能大意。俗话说得好，"老马失前蹄"——矢吹的长项是交叉反击拳，短项是语文。

好了，现在开始跑步练习！

见矢吹的身影逐渐远去，路人纷纷露出欣慰的笑容。

矢吹一边跑，一边思考。按照平时的习惯，他会在下一个有红绿灯的路口右转，然后折回公园，进行全身拉伸和空拳攻防练习。

可是——

今天他在红绿灯处停下了脚步——本能对他发出了警告：不能去公园，那个男人可能就在公园里……

矢吹思考了一会儿，毅然决定向左转。

一想起那个男人，矢吹就冷汗直流。

那个男人叫二阶堂卓也，和矢吹住在同一栋公寓楼。每次在类似人生首战、资格赛这种大日子来临之前，矢吹都会在公园偶遇二阶堂卓也，然后被迫成为他"空保育训练"或是"幼师拳"的练习对象。

那个人……简直无敌，我的拳头从来都没有击中过他，他却随时可以把我 KO（击倒）。

卓也是矢吹心中难以抹去的阴影。

就算拿到东亚锦标赛的冠军，我也赢不过他。不，恐怕拿到世界冠军也……

矢吹加快奔跑的速度，试图挣脱这个噩梦。

他来到车站。明天就是三连休了，车站前人来人往，热闹非凡。节日的气氛让矢吹逐渐放松下来。

"应该是我想多了。"矢吹放慢脚步，擦了擦汗，"首战前和资格赛前那两次我都很紧张，所以才没击中二阶堂。他其实没那么强。"

这时，一只苍蝇从矢吹眼前飞过，他使出一记右直拳。

苍蝇立刻转了个弯，飞开了。可是没过多久，它却自己从空中跌落下来。原来是矢吹出拳时带出的风压击中了苍蝇。

看吧，我很强。矢吹松了一口气。

这时他抬头一看，发现自己走到了商场门前。

那就进去"血拼"一下吧！

矢吹语文不好，但知道很多过气的词语。

矢吹漫无目的地在商场里转悠。看着琳琅满目的商品和兴高采烈的顾客，他不由得卸下了心防。一直在拳台上跟别人斗个你死我活，他确实需要歇口气。

这时，矢吹注意到前方有许多人围在一起。

"怎么了？"

那是家乐器店，人群中传来优美的钢琴声。

矢吹感到十分惊讶，原来钢琴的声音可以如此动人心弦。他闭上眼睛，脑海中自然而然地出现了一片辽阔的绿色高原，湛蓝的天空广袤无垠，一个男人戴着草帽，向着天空中压得很低的积雨云走去……

矢吹彻底成了这琴声的俘虏，他开始好奇是谁在弹奏这首乐曲。

于是，他钻进人群，灵活地挪步向前。来到第一排后，他终于看到了演奏者的背影。那人穿着一身黑色西装，留着爆炸头，手臂大幅度晃动着，手指在琴键上来回游走。

"到乐曲终章了。"站在矢吹旁边的大叔抱着胳膊感慨道，"哎呀，太好听了！上一次听到这么好的演奏还是在四十年前的德国。"

"这位是专业钢琴家吗？"矢吹指着演奏者问大叔。

"谁知道呢。我很多年前听过奥地利钢琴家阿尔弗雷德·布伦德尔和波兰钢琴家克里斯蒂安·齐默尔曼的演奏，这位小哥可不比他们两位大师差。而且，站在这儿听音乐多轻松啊，不用穿正装，还能想说话就说话。"说完，大叔吸溜了一下鼻涕。他的短袖衬衫看上去脏兮兮的。

"他的琴弹得的确出色，不过应该不是钢琴家。"站在大叔另一侧的男人说，他穿着笔挺的西装，头发打理得很整齐，"我常来这家商场，经常看到他弹奏展示用的钢琴。这不像专业的钢琴者会干的事情。"

大叔点了点头，显得很享受："无所谓啦，这么好的现场演奏，管他是专业的还是业余的呢！"

"你们几个，根本没在听爆炸头先生弹奏吧？"穿西装的男人旁边是一位拿着手提袋的阿姨，此刻，她得意地插话道。

"爆炸头先生？"矢吹有些不解。

"我总那样叫他，他本人也很喜欢这个昵称！你看，"阿姨热情地解释道，说着还给矢吹看了一眼自己的手提袋，"他还给我签名了呢！"

只见袋子上写着"爆炸头先生"五个字，字迹规整，有棱有角。

这时，钢琴声戛然而止，爆炸头先生结束了一曲的演奏。周围掌声雷动，他本人却毫不在意，只是站起来，云淡风轻地揉了揉手指。

矢吹也跟着鼓掌。他对乐理一窍不通，但这场演奏深深地打动了他。

爆炸头先生重新坐下来，抬起双臂，摆出开始弹奏前的标准姿势。

"该演奏下一曲了。"穿西装的男人说。

喧闹的人群瞬间安静下来，钢琴声开始缓缓流动。

"哦，这是李斯特的降 D 大调《匈牙利狂想曲》第六号！"大叔猛地拍了一下手说，"太幸运了，没想到能在商场里听到这么难的曲子。"

矢吹问大叔："这首曲子很难吗？"

"是啊，与升 C 小调《匈牙利狂想曲》第二号的难度不相上下。"

"啊……"

什么二号、六号，矢吹完全没听懂。关于音乐，他只知道大号和小号，怎么又冒出个二号和六号？

"你认真听，"大叔为矢吹解说道，"这曲子不好弹，有很多由十六分音符构成的连续八度演奏，节奏快，时间久，如果控制不好力度，弹到手酸也弹不好。"

"他确实弹得很快。"矢吹感叹道。

然而大叔摇摇头，说："有点儿悬啊。这首曲子最后有个急板，现在就这么快，之后跟得上吗……"

"什么是急板？"

"音乐速度。急板比快板更快，是'very fast'的意思。"大叔的英语发音非常标准。

比现在还要快吗？矢吹很震惊。

爆炸头先生的手指在琴键上飞舞，就像是雨点般落下的刺拳。爆炸头先生的手要是攥成拳头，绝对比喷气式战斗机还要迅猛……矢吹紧张得咽了一口唾沫。

这时，人群中突然有人大喊："商场来人了！"

围观的人开始四散奔逃，大叔、穿西装的男人、拎着手提袋的阿姨纷纷火速消失了。只有矢吹搞不清状况，慌张中不知所措，仍然愣在原地。

从商场那头跑来几个男人，他们统一穿着商场的制服。矢吹看到领头的男人胸牌上写着"物业主管"。

"矢吹，这里！"

是爆炸头先生。他从钢琴前起身，抓住矢吹的手，然后转身就跑。

咦，他怎么知道我的名字？

"矢吹，是我啊。"爆炸头先生一把扯下假发，赫然露出二阶堂卓也的脸。

矢吹感到大事不妙——东亚锦标赛夺冠似乎又危险了。

"你想啊，幼儿园老师都得会弹琴吧？"

两人从商场一路跑到公园，坐在长椅上休息，卓也开始为矢吹讲述自己在商场弹钢琴的缘故。

"当然了，不会弹琴的好老师也有很多，但就我个人来说，我想让动听的音乐伴随着孩子们成长。"

"您想得真周到……"矢吹一边没话找话，一边找逃跑的机会。在事态恶化之前，我得赶紧离开！矢吹心想。

卓也说着说着站起了身："我想多练练琴，但是公寓的房间太小了，放不下钢琴。"

矢吹点了点头。毕竟他们公寓楼里的每个房间只有七平方米大小，钢琴又那么重，搬运的路上说不定还会把走廊压坏。

"所以我总是在乐器店练钢琴。虽然这可能会给店里带来一些麻烦，我也很愧疚，但什么都无法阻止我朝着梦想努力。"卓也的眼睛闪烁着坚定的光芒。

矢吹找不到合适的时机离开，他感觉自己被逼进了死胡同。

对，用步法！用步法闪过去就好了！

矢吹站了起来。然而没等他行动，卓也先攥住了他的手。

"哦！看来你懂我！谢谢，感激不尽！"卓也用力摇晃矢吹的手，矢吹用尽全力也挣脱不开。

我认输了！裁判！裁判在哪里？！矢吹在心里哀号。

他调整好呼吸，问了卓也一件事："可您不是想做幼师吗？为什么要练那么难的曲子？"

"因为钢琴上刚好有一本《李斯特钢琴曲谱》。"

矢吹愣住了。

"毕竟是借用店里的商品嘛，我还是比较注意的，比如趁店员不在的时候才去练习，摸琴之前认真洗手之类的。为了不给公司添麻烦，我还会戴假发，防止别人认出我。"卓也说着，从口袋中拿出那顶爆炸头假发。

"那么难的曲子……您竟然是自学的吗？"

"花了我两个月的时间。"

竟然只用两个月就自学到了那种程度，这个人真是太厉害了。矢吹深感佩服。

"况且，先从比较难的曲子入手，再学简单的会容易许多。"卓也补充道。

这句话让矢吹醍醐灌顶。

也就是说，只要能打倒强大的对手，弱小的对手自然不必放在眼里……矢吹看着卓也的眼睛暗下决心：是的，如果我能击败眼前这个男人，那打赢世界冠军也不在话下。

矢吹攥紧拳头，心里默想：我要打败这个男人！

另一边，卓也完全没察觉到矢吹的心态变化。"可惜我现在还不会弹《一闪一闪小星星》和《摇篮曲》。"他的语气中还带着点儿羞涩。

矢吹慢慢走到卓也身后，思考着如何发动进攻。

先用左刺拳开路，试探他一下？不，等等，常规的进攻方式对他行不通，不如直接拼上全力，用右直拳打他个措手不及！

矢吹深吸一口气，正准备出拳，却不由得顿住了。

这个人在干什么？

只见卓也将手伸向在枝头随风摇晃的树叶，几下突刺后，那手指便戳穿了树叶，在叶子正中央留下一个空洞。

矢吹简直不敢相信自己的眼睛。他走到卓也身边，选中了一片树叶。

咻！

他使出一记右直拳，树叶随即脱落，掉到了地上。

"漂亮！真不愧是职业拳击手！"卓也说，"真希望我也能赶快像你一样在幼师这个行业中成为职业选手。"

矢吹无言以对。

眼前的树叶不安地舞动着。只要出拳达到一定的速度，就能打落树叶。然而想要徒手刺穿树叶则需要更快的速度……矢吹感到一阵后怕。他终于认识到自己和卓也之间的差距了。

我还不够格。现在的我，还赢不了他。

矢吹感到一股莫名的力量充盈了全身。他看着自己的拳头暗下决心：我要先拿到东亚冠军，然后冲击世界冠军，最后再堂堂正正地向这个男人发起挑战。到了那天，这座公园将成为我们世纪决战的擂台！

与心情大起大落的矢吹不同，卓也依旧沉浸在期待和喜悦之中。

"就快面试了，还好今天有机会练手。明天就是三连休的第一天。这三天，我有超级多的面试，毕竟有24家幼儿园给我发了面试通知，我想总有一家能慧眼识英才吧。"卓也露出微笑，"太好了，三天后我就能成为幼师了。"

矢吹却歪着头问："从明天开始面试吗？"

"是啊。"

"可是这三天，幼儿园也要放假吧？"

卓也的笑容顿时凝固在脸上。他不可置信地摇了摇头。

"但是，你看，"他从西装内袋中拿出24个信封，"我真的收到了面试通知，绝对不会有错。"

矢吹接过信封，拿出一份通知书看了看："谨慎起见，我们还是给这些幼儿园打个电话吧。"

卓也拿出手机，给其中一家拨了过去。

"喂……"招呼都没打完，卓也就僵住了。

"怎么了？"矢吹问。

卓也毫无反应，整个人就像瞬间被冰封住了似的。

矢吹伸手轻轻拿过卓也的手机，贴到耳边，听到听筒里传来重复的电子音："您拨打的号码是空号。请您确认号码，稍后再拨……"

"可……可能是我太紧张，拨错了！"卓也抢过手机，又给另一家幼儿园打了过去。

"算了，二阶堂先生！不要再打了！"

然而，卓也听不进矢吹的劝告。

"您拨打的号码是空号。请您确认号码，稍后再拨……"

卓也哗啦哗啦地翻着面试通知书，一个接一个打了过去……他的脸色越来越黑……

矢吹看到他阴沉的表情，吓得一屁股坐在地上，浑身抖得像筛糠。

咔嚓一声，卓也将手机捏得粉碎。听到手机零件四分五裂、散落一地的声音，矢吹才恍然回神。

"您没事吧？"矢吹担心地问。

卓也没有回答，他双眼呆滞无神，将手里的信封尽数撕得粉碎。无数碎纸片从眼前飞过，卓也突然意识到不能在公园里随意扔垃圾，又蹲下身开始收拾纸片和手机零件。

"矢吹……"卓也蹲在地上捡着垃圾，用让人听不出阴晴的语气说，"无论如何，我都要成为幼师，然后和可爱的孩子们一起度过欢乐的每一天。"

"对，你可以的！"矢吹赶紧附和。

太好了，看来他没有受到太大打击。矢吹松了一口气。

然而……

"但在那之前，我一定要让那两个不可爱的初中生受到应有的惩罚。"

卓也周身散发出强烈的杀气，惊得公园里的鸟一齐扑棱棱地离开了枝头。

矢吹看到如此恐怖的景象，差点儿心脏骤停。

后来，东亚锦标赛冠军矢吹在接受赛后采访时这样回答：

"害怕对手？完全不会，更可怕的我都见过。"

第二部

游戏正式开始

第一章
坠落的不明飞行物

太阳沉入了群山的另一侧。对住惯了城市的人来说，山上的夜格外黑暗。

"终于要开始了。"创也不停地在房间里走来走去，动物园里的熊都没他这么爱转圈，"游戏会以什么样的方式开场呢？"

"嗯……"我陷入沉思，"会不会有人趁我们睡觉时来偷袭？"

万一真是这样，我们得事先准备好陷阱，防止敌人入侵才行。

听了我的想法，创也哼了一声，又耸了耸肩。他什么都不用说我也明白：他在嘲笑我。

"你知道我们要玩的这款游戏是谁制作的吗？"创也明知故问。

"栗井荣太啊。"我回答。

"That's right（没错）！我认为栗井荣太不会选择这么

无趣又平庸的开场方式。"

行……我还是闭嘴吧，毕竟我只能想出这种无趣又平庸的开场方式。

创也在房间里来回踱步，嘴里还嘟嘟囔囔地说着什么。要是动物园里的熊也一边转来转去，一边不停地念叨，大家一定会认为它生病了吧……

"栗井荣太究竟会选择用什么浮夸的方式开场呢？我想这个问题的答案肯定会让所有玩家大跌眼镜。"创也手托下巴，停下脚步。

"创也，如果是你，你会怎么开场？"我忍不住问。这家伙把我的绝妙构思批判得一文不值，我倒要看看他有什么有趣又不平庸的想法。

"是我的话……"创也走到窗边，拉开窗帘，"首先，我要在空中安排一个飞碟。"

飞碟！怎么可能啊……

我张大嘴巴，惊得说不出话来，创也却自顾自地继续说道："分配角色时我就注意到，栗井荣太希望我们把注意力放在天上。"

这倒是没错：我们俩和堀越美晴的角色是"天文社的成

117

员"；森胁先生的角色是"UFO科学家"；金田先生虽然是"废墟爱好者"，但透过破洞的屋顶，一样可以看到天空的情况。

"而且，朱利叶斯刚才还在拼UFO的塑料模型，这多半和《IN VADE》的内容有关。"

"你的话有道理，但飞碟也太——"

砰！

我刚要反驳，却听到外面传来巨大的爆炸声。霎时间，村子里地动山摇，连旅馆的窗户和墙壁都摇晃起来。怎么回事？

我们连忙打开窗户，朝外面张望。只见森林对面燃起了大火，一股黑烟随风攀升到夜空中。

创也扭头看向我。他的眼睛里写满了兴奋，似乎下一秒就要快乐得喊出声来。这还是我第一次见到创也这样。

"游戏开始了！这就是《IN VADE》的开场方式！"

"到底发生什么了？"

"很显然，飞碟坠落了。"创也宣布，"第一关开始了！"

从地图上看，爆炸应该发生在风神屏风附近。

我们来到旅馆一楼。大厅里已经聚集了六个人，分别是堀越导演和美晴、丽亚和朱利叶斯姐弟，还有扮演旅馆老板的柳川以及神宫寺。神宫寺作为游戏主持人，独自靠墙站着，和大家保持着一定距离——虽然他人就在这里，但我们需要假装他不在。

没错，游戏已经开始了。

"刚才的爆炸是怎么回事？"创也问柳川。

"我不知道，但的确有什么东西爆炸了……"柳川的回答里没有任何有效信息。

堀越导演在一旁插话："是飞机失事吗？还是直升机……"

原来有常识的成年人会这么想。

柳川拿出两个手电筒，将其中一个递给堀越导演说："如果有飞机坠毁，我们得赶快去帮忙才行。堀越先生，麻烦您和我一起去吧。"

柳川平时沉默寡言，游戏开始后却表现得落落大方。

"我们也去！"我的语气也很自然，不像念台词。也就是说，哪怕这是现实世界，我一样会这么说。

我瞥了一眼创也，发现他面无表情。咦，难道他不想去爆炸现场看看吗？

"如果龙王同学去的话,我也要去! "美晴接过我的话头说道。

"创也去,她就去"的另一层意思是"创也不去,她也不去"。所以,她完全没有考虑过我去不去。

"我也想去! "朱利叶斯说。

然而,丽亚驳回了他的请求:"不行。你必须听姐姐的话。"

"没错,你先冷静一下。"柳川摊开双手说。然后他又问创也:"你们的老师去做什么了? "

创也耸了耸肩:"不知道,说不定他为了买新的求职杂志而下山了。"

这句即兴台词实在算不上妙。

"是吗?可惜,我还想多找一个成年男性去现场帮忙呢。"柳川环视着众人说,"小孩和女性去现场太危险,那就我和堀越先生去吧,其余人先待在房间里。"

"这个处理很妥当。靠谱的成年人绝不会让一群初中生去爆炸现场。"游戏主持人神宫寺说完,便拿着手电筒出去了。

柳川似乎松了一口气。

"要不要带上手机? "创也问。

柳川摇了摇头,说:"围得村没有信号。"说完,他便和堀越导演一起离开了旅馆。

"啊，我也好想去啊……"朱利叶斯双手抱住后脑勺，忍不住抱怨道。

"别做梦了，老实待着吧。姐姐念睡前故事给你听。"丽亚欣然扮演起姐姐的角色。难道她没注意到朱利叶斯僵硬的笑容吗？

"就算回房间我也睡不着。在柳川老板他们回来之前，我们几个不如一起打扑克吧。"美晴主要是在对创也说。

我正要附议，创也却挡在我前面抢了话头："不好意思，我今天爬山太累了，想回房休息。堀越同学，你也回房间歇会儿吧。"

一旁的我将嘴张了又闭，闭了又张，就像一条缺氧的金鱼。

创也又朝美晴摆了摆手，说："熬夜是健康的天敌，明早我还想见到你的笑容呢。"

听了这话，美晴立刻开心地回房间去了。

"我们也快点儿回房间吧。"创也不由分说地推着我往前走，害得我这条金鱼吸不到氧气的时间又增加了几十秒。

"你到底是怎么回事？"一回到房间，我就迫不及待地质问创也。

"你是说不去现场，乖乖回房间这件事吗？"创也面无表情地问。

"不是！堀越美晴好不容易邀请我们一起玩扑克，你竟然拒绝了！"

"你在意的是这个啊……"创也叹了口气。

这家伙丝毫没意识到自己铸成了什么样的弥天大错，我应该让他明白明白这件事的严重性！

我猛地揪住他的领口，喊道："对正常的初二男生来说，和朋友打扑克，比记住一千个考试必背的英语单词要重要得多！"

"你冷静点儿。"创也轻轻推开我的手，"你还记得我们来这里的目的吗？"

"当然是为了和美晴一起打扑克啊！"

创也耸了耸肩，一副"我就知道"的样子。

"我们来这里，是为了在《IN VADE》中战胜栗井荣太。"

哦，对……

"看来你终于想起来了。"创也拍了拍我的肩膀，"哆啦A梦，是时候拿出竹蜻蜓了。"

竹蜻蜓? 难道说……

创也点点头:"刚才那种情况,不论我们说什么,柳川都不会带上我们一起走的。所以,现在我们要自己想办法去爆炸现场。"

原来是这样,难怪创也愿意乖乖回房间。

"特殊事件已经发生,我们怎么可能待在房间里坐视不理?"

"That's right(没错),创也!"

我环视了一圈房间,目前能派上用场的东西……恐怕只有床单。

我从背包里取出奶奶送给我的小刀。这时,我想起了和奶奶第一次进山时发生的事。

进山前,我既紧张又害怕,带了很多东西,把背包塞得满满当当。奶奶看到后对我说:"准备这么齐全,心安了,负担却重了。"

年幼的我听不懂这句话,反而问她:"奶奶,您准备了什么呢?"

于是,奶奶从围裙里取出了一把小刀。

“只有这个吗？”

“没错，只有这个。”奶奶从容地笑了。

进了山，我才明白奶奶的意思。我的行李太重了，走了没一会儿就累得气喘吁吁。奶奶没有帮我，只是在一旁看着。

“听好了，内人，”奶奶对我说，“山中什么都没有，却又什么都有。真正的行家只需要带上两样东西就能进山了，一样是小刀，另一样奶奶现在告诉你。”

“另一样？除了小刀，还需要带什么？嗯……是水吗？”

可奶奶指指我的胸口说：“这件宝物就在你心里，胜过一切装备，那就是无论面对什么情况都毫不动摇的求生欲。”

谢谢您，奶奶。虽然我还不是真正的行家，但这件宝物一直在我心中。

我用小刀将床单割成许多细长条，然后将它们编成麻花并系在一起，做成一条结实的绳子。我本打算让创也帮忙，可又实在不放心把自己的身家性命交给他做的绳子。

我将绳子的一端绑在一

个床脚上，再用力拉扯。床是木制的，又重又牢固，只轻微地挪动了一下，应该问题不大。

"要是能绑在餐桌上就好了。"创也说。

"为什么？"

"你没注意到吗？餐厅的桌子被固定在地板上了。"

是吗？这个家伙总是关注一些莫名其妙的细节。

我将绳子的另一端扔出窗外，再探头一看，绳子垂在了地上。不错，长度刚好。

"竹蜻蜓呢？"我握紧绳子，无视了创也的废话。

创也自讨没趣，继续说："不过，幸好卓也先生不在。"

"为什么这么说？"

"要是卓也先生在，他肯定一眼就能看出我们在打什么主意。爆炸刚发生，他就会把我们俩绑起来，锁在房间里。"

没错，毕竟在这个世界上，没人比卓也先生更了解创也的性格了。

我先顺着绳子落到外面的地上，接着是创也。等他颤颤巍巍、笨手笨脚地滑下来后，我们默默地给对方竖了一个大拇指。

完美。下一步，向风神屏风进发！

第二章
寄生的外星人

我们穿过旅馆的庭院，来到满是杂草的小路上。

漆黑的夜里，只有月亮和星星散发出微光，不过对我来说已经足够。风神屏风的方向很好确认，只要循着焦煳味向前，就不会迷路。接下来只要注意肆意生长的树枝和脚边的小石头，山路走起来其实比城市里的上下坡更轻松。

身后时不时传来"噼啪"和"呜哇"的声音——"噼啪"是创也撞到树枝后树枝的断裂声，"呜哇"是创也被石头绊到后发出的叫声。

"我打心底觉得……"创也的声音从我的背后幽幽传来，"你一到山里就显得特别灵活呢。"

我在哪里都很灵活好不好？

离开小路，我们走进一片密林。穿行在树与树之间，创也发出动静的频率更加频繁。

离风神屏风越近，空气中的焦煳味就越浓。要是奶奶在场，她肯定不会允许我继续靠近。

前方火光冲天。我抬头望着被火照得发亮的天空，突然意识到周围已经没有了树，视野变得开阔起来。

不好！

我赶紧抓住附近的树枝停下脚步，然后一把拽住创也的后领。

"你干什么?！"创也不满地喊道。与此同时，他的脚边有块石子滚落了下去。

我们正站在一道二十多米高的悬崖边。创也把剩下的抱怨咽回了肚子里。要是没有我拉住他，他也会像那块石子一样坠落下去。

大火就在崖底的空地处熊熊燃烧着。放眼望去，对面同样是一片高耸的巨大岩壁。看来这悬崖就是"风神屏风"了。

着火的痕迹从岩壁上部一直延续到悬崖底部。也就是说，飞行器是因为撞上了岩壁才坠落起火的。

此时，火势依旧没有减小的意思。

"我们能从那儿下去吗？"创也指了指我们左侧二十米左右的位置。

我劝阻道："不行，会被柳川他们发现的。"

熊熊燃烧的飞行器附近有四个人影。其中肯定有柳川和

127

堀越导演，站在他们稍远处的人应该是神宫寺。那剩下的一个人是……

"金田先生或是森胁先生吧。"我大胆猜测。

"极有可能是森胁先生。"创也肯定地说。

"为什么？"

"从地图上看，风神屏风附近没有废弃房屋。我们注意到爆炸，是因为旅馆离风神屏风并不远。金田先生是'废墟爱好者'，要是住在偏远的废弃房屋里，可能都不会发现这里发生爆炸了。但'UFO科学家'森胁先生住在帐篷里，并且可能一直在观察夜空寻找UFO。综合这两人的情况，我觉得那个人是森胁先生的可能性更大。"

原来如此。

"话说栗井荣太这回真是下了血本，"创也看着正在燃烧的飞行器说，"残骸中看不到机翼和螺旋桨，说明它不是飞机，也不是直升机。从整体造型来看，它很像坠落在罗斯威尔[1]的UFO，而且做得很精良。"

创也继续喃喃道："现在，下面这些人肯定也已经意识到有飞碟坠落了。问题是接下来呢？"

"接下来？"

1　1947年，美国罗斯威尔曾发生UFO坠落事件。——译者注

"嗯，我有一个猜想。"

每当创也这么说的时候，他的实际意思更接近"我只是在谦虚，我要说的其实就是事实，你意会一下"。

"这是我在某本书里读到过的：星际旅行往往要历时几百年乃至上千年，但生物的肉体很难存活这么久，因此在太空中旅行时，最好的办法是只让意识体乘坐飞行器。"

怎么突然开始聊科幻小说了？

创也不疾不徐地继续说道："也就是说，那艘飞碟上的外星人多半只有意识体。失去了飞碟的外星意识体接下来会怎么办呢？为了在陌生的星球上生存下去，他必须立即寻找一个肉体。"

"也就是说……？"

"他会寄生到某一个人身上。"

听了创也的话，我感觉自己后背上的汗毛都竖了起来。那么，站在那里的四个人——不对，除了神宫寺的其余三人……

"他们三个当中，一定有人被外星人寄生了。"

冷汗滑过我的脸颊，创也却兴奋异常。

"真是没白来。我们既看到了坠落的飞碟，又知道了有谁在场。"火光打在创也的脸上，留下令人不寒而栗的阴影，"这些信息对我们十分有利。"

这时，我注意到离坠落现场不远的崖壁上有一条大裂缝。这条裂缝之前被裸露的岩石和沙土盖住了，所以并没有露出来。受到飞碟爆炸的冲击后，这条以前就有的裂缝才重见天日。

下面的人被茂密的灌木丛挡住了视线，并没有注意到这条裂缝。

"创也……"

"嗯？"

"你能看到那里有条裂缝吗？"

"哪里？"

创也挪了挪位置，导致他脚边的一块大石头滚下悬崖，闹出一阵动静。

糟了！

我和创也赶快贴着地面趴下。那一瞬间，神宫寺似乎朝我们这边看了一眼。

我和创也放低身体向后退，尽量远离崖边。回到安全区域后，我对创也说："对面的崖壁上有条裂缝，我们分头找找，看有没有路可以过去吧。"

创也点了点头，然后我们兵分两路，我往右边，创也往左边。

为了不失足坠入悬崖，我打起十二分精神紧盯着脚下。突然，一道手电筒的光打在了我身上。"果然是你们两个。"

神宫寺关掉手电筒，问我："你的搭档呢？"

"他在另一边。我们分头找路，想去裂缝附近看看。"

"哦，你们发现那条裂缝了。"夜色浓重，我看不清神宫寺的表情，但他的声音听起来很高兴，"那到现在为止，你们了解多少了？"

我向神宫寺复述了一遍创也的猜想。

①坠落的不明飞行物是飞碟。

②飞碟搭载的是外星人的意识体。

③外星人的意识体打算寄生到某个地球人身上。

"本来我以为，对你们来说，猜出'飞行器是飞碟'就算不错了，没想到……你们还挺聪明的嘛。"神宫寺说。

听这个意思，创也的猜想几乎都对了。

"既然你们都猜到这里了，那我就得加快游戏进程喽。"神宫寺拿出一支烟，准备点燃。他的脸在打火机火光的映照下，显得有些可怕。

"给你们个提示吧。"神宫寺伸出一根手指，"我们在构思故事时，为乘坐飞碟的外星人取了个名字，叫'巴欧'。"

巴欧？为什么要叫这个名字？

"巴欧会先寄生在某个人身上，然后一个接一个地侵占其他人的身体，不断壮大队伍。"神宫寺悠悠地吐了一口烟圈，仿佛有某种异态的生命体从他的身体里逃出来。

"目前，我作为游戏主持人，只能告诉你这些信息。"说完，神宫寺便朝着创也所在的方向离开了。

"巴欧……"创也看上去很嫌弃这个名字。

跟创也会合后，我立刻把神宫寺的话转述给了他。

"为什么给外星人取名'巴欧'呢？"我不解地问。

创也漫不经心地回答："因为他是来访者[1]吧。"

什么意思啊……

我们直到最后也没有找到通向裂缝的路，只好打道回

---

1 《巴欧来访者》为漫画家荒木飞吕彦的早期作品，曾于1989年被改编为动画电影。巴欧是人造寄生虫，可以让宿体在生命受到威胁时突然变强。——编者注

府。我们走出森林，正要踏上那条杂草丛生的小路时，身后突然传来了人声。

外星人？！

我们吓得差点儿跳起来。

"啊，抱歉，吓到你们了。"

原来是森胁先生，他拿着手电筒站在那里。咦，他不是应该在坠落现场吗？

听到我们的疑问，森胁先生摇摇头，说："我正打算过去看看。"

那这么说，刚才在现场的第四个人是金田先生喽。

"你们已经去过现场了吗？"森胁先生问。

我们告诉他，我们只在附近看了看。

"已经有四个人在现场了，柳川、堀越导演、金田先生和神宫寺。"

"这么多人啊，那我就不去了。"森胁先生显得很随性。

"您确定吗？按理说，UFO科学家应该对坠落现场很感兴趣才对。"创也似乎在刁难森胁先生。

"没关系，UFO指的是不明飞行物。既然已经掉下来了，它就不算飞行物了，我没兴趣。"森胁先生摆了摆手。

他可真会讲歪理。

"你们要回旅馆吗？"

我们点了点头。

"那顺道来我的帐篷里坐坐吧。幸好在这里碰到你们，我就省得跑一趟了。"森胁先生把手电筒放在下巴处照亮自己的脸，故意吓唬我们。

这个人还真是孩子气。

森胁先生的帐篷就扎在森林附近的旱田正中央，看上去比我们想象中的还要大得多，我们三个人都进去后也不觉得逼仄。

"帐篷不错吧？搭起来也简单。这道具质量真不错。"

帐篷的角落里放着几个袋子，里面装的是露营用品，但我几乎都不太认识，也不知道该怎么用。说起来，我连帐篷也不会扎。

创也听了我的话后，瞪大了眼睛。

"真的吗？"

"有什么好吃惊的？"

"我以为你是户外达人。"

看来创也对我有很大的误解。

"呃……创也，我并不喜欢户外运动。真要说的话，我更喜欢在城市里生活。"

"你瞎说！"

"真的。住在城市里既方便又舒服，有水有电，还有天然气。不像在山里，既没书读，也打不了游戏。"

创也沉默了。嗯，真是罕见。

"而且，奶奶带我进山的时候从来不带露营用品，所以我当然不会用了。"说着，我随手拿起一个罐头形的小东西看了看。

森胁先生介绍道："这是露营气炉，做饭用的。"

难以想象这个东西要如何操作，火又会从哪里冒出来。我还看到一个类似收音机的东西——山里面能收到信号吗？

"食物也不少呢。"创也说。帐篷里码放着许多瓶装水、饼干，还有速食包。

"嗯，还有咖啡呢，喝吗？虽然是速溶的。"

森胁先生熟练地在气炉上架起小锅，然后拿出几个不锈钢杯。这些道具看上去真的很方便。

我忍不住问："森胁先生，这些道具你都会用吗？"

"基本上都会。毕竟我到处旅行，基本常识还是有的。"

说起来，森胁先生给我的第一印象就是"寻找自我的旅人"。

"你们是初中生吧？真羡慕你们，前途一片光明。"森胁先生眯起眼睛看着我们，就像被光晃了眼，"就像20多年前的我一样……到底是哪一步出错了呢？"

"森胁先生，你真正的职业是什么呢？"

"我一般对外说我是自由职业者。其实，我真正的职业是冒险家。"

我们第一次见到以冒险为生的人，不知该作何反应。创也似有所指地看了我一眼，但我可不打算从事这么危险的工作。

森胁先生扬起嘴角笑了。

"我刚刚还在想，要是你们敢嘲笑我，我就给你们两拳。结果你们都没笑呢。"他伸了个大大的懒腰，继续说道，"大学毕业之后，我不知道怎么了，突然觉得那些普通的工作都很没意思。看着那些招聘信息，想着底薪多少、绩效多少，再计算退休之前能挣多少……我就彻底没了去应聘的想法。"

我们安静地倾听着。

"我一直就没做过什么稳定的工作。我这人很怪吧？其实我的梦想是天降横财。"

虽然森胁先生的话有些自贬的意味，但他似乎对自己选择的生活方式并不后悔。接着，他话锋一转，问我和创也道："对了，到底是什么东西掉下来了？"

我们将自己见到的场景如实告知。

"没有机翼，也没有螺旋桨啊……难道真是飞碟？"

"千真万确。连游戏主持人都说那是飞碟。"

"还好我没去现场，不然就被外星人干掉了。"森胁先生眼睛一亮，继续问道，"哎，外星人长什么样？像电影《异形》里那样吗？"

创也摇了摇头，说："外星人只有意识体，没有肉体。"

"意识体？"森胁先生似懂非懂，"那我们会被他附身吗？"

创也点了点头，然后像突然想起来什么似的补充道："啊，说起来，当时我们还看到了一个神秘的小洞窟。"

"洞窟？"森胁先生的好奇心被勾了起来。

"嗯，只有站在悬崖上才能看到。在坠落现场的那些人恰好被灌木丛挡住了视线，所以没注意到那个洞窟。"

创也使眼色让我帮腔，于是我点点头，赶快接着他的话继续说："对，那个洞窟之前可能是被沙土和岩石盖住了，爆炸之后才显露出来。"

"哦？这个听上去比飞碟坠落事件更有意思。"森胁先生说着拿出手电筒，"我要去看一眼。"

结果，我和创也还没喝上一口咖啡，就被森胁先生请出了帐篷。

他的性子也太急了……

我和创也继续沿着小路向旅馆走去。

"接下来最重要的事情，就是弄清楚谁被巴欧附身了。"创也说。

我注意到他说"巴欧"的时候嘴角抽了抽，看来他很不想说这个词。

咦？

"怎么了？"创也见我突然凝神，疑惑地问道。

"你没感觉到吗？"我盯着前方，小声说。

刚出帐篷没一会儿，我就觉得脖子痒痒的，但又不像是被虫咬了……

之前和奶奶进山时，我也有过类似的感觉，当时奶奶对我说："应该是小野狗或是别的什么动物正跟在我们后面。不怕，现在还听不到它的脚步声，恐怕它还在试探我们呢。"

"奶奶，您怎么知道是小野狗呢？"

"成熟的猎手只会盯着猎物的脚，因为它们捕食经验丰富，知道一旦盯着猎物的脖子，猎物很快就会察觉。只有猎食经验不足的'比金那'才会犯这种错误。"

上了初中之后，我才知道奶奶说的"比金那"指的是"beginner（初学者）"。

不管怎样，我松了一口气，庆幸现在跟在我们身后的生物并不是捕猎老手……

我对创也说："有东西跟着我们。"

"啊？"

"别回头。"

我赶紧制止创也。天这么黑，就算他回头也肯定什么都看不见，而且现在最好不要让对方知道我们已经发现了它在跟踪，免得它狗急跳墙。

"你不觉得脖子很痒吗？"

"完全没感觉……"

我彻底放弃了向创也解释。

"走快点儿。"

"啊，等……等一下！"

我没理会创也，径自加快了脚步。创也跌跌撞撞地跟在我身后。除了他的哀号，我还隐约听到了跟踪者的脚步声。

太好了！

跟着我们的不是野狗，而是人，而且这个人并不懂得如何在夜晚的山林里隐藏自己的脚步声。既然如此，我应该能想办法甩掉他。

"走这边！"我拉着创也钻进灌木丛。

"等一下，那儿没路啊！"

这种时候就别纠结这个了！

我们穿过灌木丛，进入森林，最后跑到一条细细的小溪旁边。

"我懂了，我们是要躲进水里隐藏身上的气味，对吧？这个桥段经常在电视剧和电影里出现。"创也自作聪明地说。

我叹了口气，说："没那么简单。"

"怎么讲？"

"我们总不能一直沉在水底不出来吧？只要头露出水

面，野兽就会闻到我们的气味。"

这次轮到创也叹气了。

"不过还好，跟踪我们的不是野兽，而是人。"来不及多解释，我赶紧拉着创也朝溪水上游跑了起来。

穿过竹林，跳过石堤——创也一路被我拽着，果不其然在石堤上被绊了一跤——我们来到一片荒地。这里曾经是农田，如今却长满了杂草。旁边有四间放农具的小木屋。

我们推开最远处那间小屋的门，躲了进去。

这间小屋只有 7 平方米左右，地面是坚硬的泥土地，墙上挂着锄头、撬棍、镰刀和麻绳，肥料袋通通堆在后墙边，垒成了一座小山。我们迅速用角落里的石块和周围趁手的各种东西堵住门，然后躲在了肥料袋后面。

"我们甩开跟踪的人了吗？"创也问。

"只有我一个人的话，早就甩开了。这次还得带着你，导致速度上不来。"

"这么说的话，你还为我考虑了？真能往自己脸上贴金。你看看这都是什么？！"创也指着自己的脸和胳膊，上面到处是擦伤和碰伤。

对不起，创也。如果我们能平安回到旅馆，我一定给你上点儿药。

"创也，你快告诉我，到底是谁在跟踪我们？"我小声
询问。

"我怎么可能知道？！"

"你不是小天才吗？！"

"巧妇难为无米之炊！线索太少了。"

咚咚咚！

"嘘！"我急忙捂住创也的嘴。有人在拍第一间小屋的门。

我和创也立刻噤声，努力缩起身体，藏在肥料袋后面。

咚咚咚！

咚咚咚！

拍门声越来越近了，很快就轮到了我们所在的这间小屋。

咚咚咚！

门打不开。那是当然，还好我们提前用杂物堵住了门。

咚咚咚！

咚咚咚！

突然，拍门声停了。

我竖起耳朵探听门外的动静，除了喘气声、踩踏杂草的
脚步声和窸窸窣窣声，还有嘎吱一声。

跟踪者在做什么呢？

半晌，脚步声逐渐远去，外面终于恢复了平静。

"人走了吗？"

"应该走了吧。"

听不见脚步声后，我又默数了 60 下心跳。这下应该没事了。

我和创也同时长舒一口气。

"你觉得刚才那人是谁？"我一边从肥料袋后爬出来，一边问道。

"按常理，应该是在坠落现场的某个人……"创也话说到一半便不再继续。

我明白他为什么不敢轻易下结论。事情变得有些奇怪了，我不知道该怎么描述这种感觉。刚才跟踪我们的人身上似乎有种诡异的危险气息，我的本能在警告我：这个人想要我们的命。

"该不会……"我尽可能以开玩笑的语气说，"真的有外星人入侵地球了吧？"

"怎么可能？！栗井荣太就算再怎么厉害，也联系不上外太空吧？"创也同样以玩笑回应我，然而他的眼里没有任何笑意。

这时，我们听到一阵噼里啪啦的声响，墙缝中随即开始冒出白烟。

我愣住了。难道外星人的意识体化作烟雾，从墙壁缝隙钻进来了？

"你放心，这不是外星人。"创也说完松了一口气。看来他和我想到一块儿去了。

呼，太好了，只是普通的烟雾，没什么可怕的。

不对……等一下，为什么会有烟雾呢？而且噼里啪啦的声响越来越大了。

这是……草木燃烧的声音？

"糟了！着火了！"

我急忙去开门，可怎么都打不开。都怪创也将乱七八糟的东西一股脑儿堆在了门后！

"你好意思把自己撇得这么干净吗？现在门堵得这么严实，你也有份儿啊。"创也好像读懂了我的眼神，不满地抱怨道。

是我的错觉吗？我怎么感觉屋里的温度越来越高了呢？

"看来刚才那阵窸窣声是那人在门口堆柴火。再这么下去，我们不被烧死，也会被浓烟呛死。"创也沉着地分析道。

没想到他在这种情况下还能保持镇定，真是可靠。

我满怀希望地问他："你是想到了什么逃生的好办法吗？"

"啊？"

我就多余问。算了，现在没空对他发脾气。事态不容乐观，我们已经走投无路……不，还没到放弃的时候，肯定有什么办法。

对，不能自乱阵脚，否则才真是全完了！

"冷静，创也！"

没想到创也坐在肥料袋上冲我微微一笑："你放心，我很冷静。"

他的反应出乎我的意料。

"我们都快没命了，你怎么还这么镇定？"

"想想这是哪儿？山里可是你的地盘。"创也指着我说，"只要有你在，我就没什么好慌张的。"

"唉……"我叹了口气。

他这么信任我，那我只好想点儿办法了……

没错，这是山里。奶奶曾告诉过我，无论情况多糟，都要努力活下去——毫不动摇的求生欲才是胜过任何装备的宝物。我如果死在这里，就辜负了她的教诲。

我环视小屋，注意到了一件事：这里是山间的小屋，地面不是水泥，而是泥土。也就是说……

我挪开肥料袋，又从墙上取下两把锄头，分给创也一把，让他帮忙挖地。

"原来如此。门口的火势还没波及后墙这里，我们可以挖个地洞逃跑。"

创也，你想错了。不过现在没时间和你解释了。

泥土地非常结实，就算有工具也很难挖动。我的后背被烤得火辣辣的，高温正一步步侵袭着我。向下挖了5厘米左右之后，我们总算看到了后墙的底部。

这只是一间用来堆放农具的简易小木屋，我估计它没有地基，果然被我猜对了！

我取来撬棍，插进后墙下。

"创也，你帮我找块石头来，放在撬棍底下当支点。"

不必多说，创也很快明白了我的意思。我打算以石头为支点，将小屋撬起来。

"给我一个支点，我就能撬动整个小屋！"

"你剽窃别人的台词。"创也毫不留情地说。

我们握紧撬棍，用力向下一压！

有了物理学的帮助，小屋比我想象中更轻。墙体离地的那一刻，创也眼疾手快地将旁边的肥料袋垫在墙与地面之间露出的缝隙中，新鲜的空气瞬间涌入我的胸腔。

我们趁机爬了出去。

呼——

第三章
跟踪者的身份

四间小屋都在燃烧。我用镰刀把小屋周围的杂草割除，防止火蔓延到森林。

"你这镰刀是从哪儿来的？"创也问。

"小屋里有。我特意拿出来两把，为了割掉这些杂草。"时间分秒必争，我解释的时候也没有停下手里的动作，而割下来的杂草都被我直接丢进了火中。

"你的眼睛真尖。"创也佩服地说，"早知道有镰刀，我们就不用躲起来了。"

"为什么？"我问。

"镰刀可以当武器防身啊。"

"可这不是武器……"我看着手中的镰刀说。

这是割草的农具，不是武器。

"别这么死板。你想想以前，农民起义的时候不都拿着镰刀和铁锹吗？这说明农具也可以是武器啊。"

"以前……"

我突然想起那天，我兴奋地对奶奶说起历史课上学到的农民起义，她却告诉我："起义的农民拿着镰刀和铁锹并不是为了将其当作武器。"

　　"不是吗？"创也不解地问。

　　"奶奶说，他们之所以拿着镰刀和铁锹，是因为农具是农民身份的象征。"

　　奶奶不是历史学家，我却对她的话深信不疑。

　　"农民也有自己的尊严，所以他们绝对不会把农具当成武器。"

　　所以，我也不会把镰刀当作武器。

　　"这句也是你奶奶说的吗？"创也问。

　　"没错。"

　　"好吧，那我也要向你学习。镰刀不是武器。"创也微笑着说。

　　我将另一把镰刀递给他。

　　割完所有杂草之后，我们把镰刀也一起丢进火里。曾经在这里辛勤劳作的人不在了，农具也完成了它们的使命。现在尘归尘，土归土，感谢你们的付出。

半小时后，四间小屋都燃成了灰烬。

呼——

大火基本熄灭，杂草也清理干净，这下不用担心会发生森林火灾了。我们避开烟气，找了一处干净的地方坐下来。

望着夜空中璀璨的群星，我怦怦直跳的心终于逐渐恢复了平静。嗯，是时候找创也算账了。

我一把揪住创也的衣领，冲他喊道："这是什么破游戏啊?! 害我差点儿交待在这儿！"

"我也是受害者，你吼我有什么用？"创也倒是心平气和。

他的话很有道理，我慢慢松开了手。

"但……但是，刚才真的很危险啊！神宫寺还打包票说这个游戏不会有危险，结果都是骗人的！"

创也没有回应。他神色认真，似乎在思考什么。

"你想到什么了？"

"可能是 bug……"创也喃喃自语。

"八哥？"

"八哥是鸟，我说的是 bug。这是一个计算机用语，指的是程序中的错误或缺陷。bug 不在程序设计师的计划之中，如果没被及时清除，就可能会导致运行错误，甚至破坏系统。"

见我一头雾水，创也只好耐着性子解释道："说白了，栗井荣太也没料到有人想害我们。"

"那个人和游戏无关？"

"极有可能。"

"你有什么依据？"

"神宫寺说过：他们为了创作游戏可以赌上性命，但不会让玩家冒着生命危险去玩游戏。我相信他。"

好吧，除了相信他，好像也没别的办法了。

可是……

"如果这个人和《IN VADE》无关，那他会是谁呢？"

"我也在想这个问题。"创也伸出食指说，"假设这个想杀我们的人是'X'，那X在游戏玩家当中吗？"

我陷入沉思。

在！

进出村子的唯一通道被故意炸毁了，外人进不来，X只能是玩家中的某人。

创也点点头："我也这么想。炸毁隧道的人估计也是X。"接着，他又伸出第二根手指说："那我们来分析一下，所有玩家中，谁最有可能是 X？"

我一一列举："在坠落现场的四个人嫌疑最大。"

他们分别是金田先生、神宫寺、柳川和堀越导演。

"还要加上森胁先生。亚久亚很难说……先待定。至于
朱利叶斯、莺尾丽亚和堀越美晴三人……应该没嫌疑吧？"

"你的依据呢？"创也问。

"因为他们都在旅馆睡觉啊。"

创也耸了耸肩："这可说不好。我们两个不就偷偷跑出
来了吗？"

说来惭愧，但确实在理。

"不过，堀越美晴可以先排除。另外，丽亚和朱利叶斯
也——"

没等创也说完，我就急忙问他："理由呢？"

"他们三个明显比我们跑得慢。"

"那你为什么不排除亚久亚呢？"

"她平时就住在这里，走起山路应该比我们想象的要快
得多。"创也冷静地分析道，"还有金田先生，他虽然上了
年纪，但走起路来完全不输年轻人。"

确实。别的不说，金田先生比起整天宅在城堡里捣鼓电

脑的创也肯定是强多了。

所以，目前的结论是……

"嫌疑较大的是森胁先生、神宫寺、柳川、堀越导演和金田先生这五人，亚久亚待定。大致是这样吧？"

创也点了点头："现在只剩下最重要的一个问题了：X为什么会盯上我们？"

"因为……"

我一时语塞。是啊，为什么呢？我又不是创也，到处找碴儿惹事，与全世界为敌。我自认从没得罪过任何人，更别提会招来杀身之祸了……

这时，我的脑中闪过一个惊人的真相——没错，因为我恰好和创也待在一起，所以才会被他连累。我跟这件危险的事没有任何关系！嗯，一定是这样！

"创也，你没必要思考 X 的动机。"

创也阴森森地瞪着我："现在我对你脑子里的想法更感兴趣。"

"比起这个，我认为更重要的是想出应对的办法。"

听我说得一本正经，创也虽然怒意未消，却不再追究了。他思考片刻，重新开口："不过，如果我们刚才的分析都错了……"

错了？

"嗯，也许 X 并不是此次游戏的玩家。打一个极端的比方，假如 X 是外星人，那他盯上我们的原因很简单：外星人攻击地球人不需要理由，也不挑对象。"

"你是认真的？"

我们俩对视了一分钟，然后同时笑出了声。

"你小子，说得有板有眼的！"

"我当然是在开玩笑了！"

我们俩都笑得喘不过气来。

"当然，我不否定外星人的存在。在浩瀚无垠的宇宙中，肯定有无数个和地球相同——不，甚至比地球更高级的外星文明存在。"创也望着夜空继续说，"可是，宇宙实在太大、太悠久，不同文明的生物相遇的概率微乎其微。如果非要计算的话……"

创也一边嘟嘟囔囔地说着，一边用木棍在地面上写着我看不懂的公式。

5分钟后，他对我解释道："假设非洲大陆上只有两只蚂蚁，外星人造访地球的概率就和这两只蚂蚁在非洲大陆上相遇的概率差不多。"

"这么低！"我惊讶地喊道。

创也点点头："人类首次成功登上月球的时间是1969年。也就是说，从人类第一次成功登上月球以来，也不过短短几十年而已。"

原来如此，只有几十年啊……

"宇宙自诞生之后大约已经过去了150亿年，那么几十年在其中所占的长度大概是多少呢？你不妨猜猜。"

我尴尬地笑了笑。我怎么可能猜得到？

创也无奈地看着我说："相当于1秒钟在你这14年的人生中所占的长度。"

1秒！

几十年的时间竟然只相当于我人生中的1秒……

"你好像明白了。"

我们站了起来。

"先不说外星人了，想点儿更现实的问题吧。"

"是啊。"

我们向旅馆走去。我默默地跟在创也身后，突然想起了我们刚到这里时在路边发现的头骨。

创也说在不使用化学药品的前提下，人的头颅需要很长时间才能彻底白骨化。但他还漏掉了一种可能性——不需要化学药品，也不用等上数年，只要让野兽仔细地舔舐，同样可以制作出白骨。

　　如果……如果说外星人是肉食性生物，那么围得村的村民……

　　也许村民们不是离开了，而是死了。空荡荡的荒村里，只剩下被外星人附身的亚久亚。

　　想到这里，我猛地摇了摇头。冷静点儿，怎么可能发生如此荒谬的事？我好像渐渐分不清现实世界和游戏世界了……

　　可能是摇头摇得太用力，我的脑袋里竟然又冒出了一个更恐怖的想法，吓得我不寒而栗。这……这么恐怖的事情，我无法独自承受，干脆告诉创也，让他跟我一起分担吧。

　　我走上前，拍了拍创也的肩膀。见他转过身来，我一字一顿地说："是卓也先生干的。"

　　"卓也先生？"创也呆住了。

　　我尽可能冷静地解释道："刚才点燃小屋的人是卓也先生，这样一切就都说得通了。都怪你做了假的面试通知惹他生气，他才会对我们恨之入骨。"

这个结论简直天衣无缝，我颇为得意地看着创也。在月光的照耀下，我看到他的脸色变得铁青。

"卓也先生现在正忙着面试，他不可能来围得村。"

"你想想之前在旅馆，栗井荣太的电脑说卓也先生不会缺席。"

"别说傻话了。"创也耸了耸肩，说，"电脑不过是机器，出错也很正常。卓也先生绝对不会来。"

"你敢肯定吗？"

"……"创也苦思冥想，试图找到反驳我的理由，"首先，卓也先生是我的保镖，他怎么可能害我们呢？"

我听出他的声音在微微颤抖，决定帮他一把，让他彻底面对现实。

"你听过'是可忍，孰不可忍'这句话吗？"

"……"

"如果这个假的面试通知点燃了卓也先生长久以来积攒的怨气……"

太恐怖了，我不敢再说下去了。

搞不好我们已经按下了核武器的引爆按钮……

第四章
被操控的重力

终于回到旅馆了。我们准备抓着用床单做的绳子往上爬时，正好撞上了神宫寺。

"哟，你们这是烤红薯去了？"神宫寺说着捏住了鼻子。

刚从大火中逃出来，我们身上的烟味还未散去。

创也将左手食指抵住右手手掌，比出"暂停"的手势。

"神宫寺，我想确认一件事。这场游戏不会威胁到玩家的人身安全，对吗？"

神宫寺耸了耸肩，说："当然啦，这还用问？"

"好，没事了。"

"喂，你等等。"神宫寺叫住创也，"发生什么了吗？"

我们将被神秘人跟踪，以及小屋着火的事和盘托出。

神宫寺默默思考了一会儿后，严肃地说："情况我大致了解了。我作为游戏主持人不能多说，但我再次向你们保证，我们一定会维护各位玩家的安全。餐厅里备有热牛奶，你们可以在睡前喝上一杯。我先去看看村子的情况。"

说完，神宫寺朝我们挥了挥手，便转身离开了。

"等会儿再回房间。"创也拉住想爬回二楼的我。

为什么？我只想马上回房间洗澡睡觉。

创也见我一脸不满，便问我："你觉得神宫寺为什么会在这里？"

"这还用问？难道不是散步走到这儿的吗？"

听了我的回答，创也用力叹了口气："他在等我们，为了告诉我们有'事件'发生了。"

"事件"，指的是游戏过程中发生的特殊剧情。

"刚才神宫寺说餐厅里备有热牛奶，说明只要去餐厅就会触发事件。"

经历各种事件是玩 RRPG 的一大乐趣，我也不愿错过。可今晚实在发生太多事了，山路上的生死时速和火场逃生的经历已经让我心力交瘁。(更别提我们还卖力地割了那么多杂草……)

"为了保存体力，今天就先休息吧。"我刚想说出这句话，就被创也抢先了一步。

"好期待，不知道会发生什么呢。"说完这句话，他头也不回地向旅馆正门走去。

虽然无奈，但我也只好跟了上去。

玄关和大厅早已熄灯，我和创也在黑暗中摸索着前进。

推开餐厅的门，我们发现这里也黑着灯，不过燃着九支蜡烛。我打开灯一看，原来它们是烛台上的蜡烛。

餐桌上放了两杯牛奶、一盘牛角面包、一盘火腿，还有两套刀叉。除此之外，餐厅内空无一物，就连椅子都被收走了。这么一看，这间餐厅还真是单调，墙上连幅装饰画都没有。

我端起一杯牛奶，对创也说："真的会发生事件吗？"

我又伸手拿起一个牛角面包咬了一口。嗯，味道还不错。

"创也，你不吃吗？"

创也没说话，陷入了沉思。我猜他不饿，那我就帮他把牛角面包都吃了吧。

"你不觉得奇怪吗？"创也冷不丁问我，"这里太简陋了。《IN VADE》的其他场景都布置得很完整，可这个餐厅为什么这么简陋？"

"可能超预算了，没钱买家具。"

创也没搭理我。无所谓，他想他的，我吃我的。当我正准备再拿一个牛角面包时，餐厅突然停电了。

怎么回事？

在摇曳的烛火中，一个黑色的人影出现在门口。

会是 X 吗？

在烛光照不到的无边黑暗中，神秘人的黑色装束融入其中，让人分辨不出他的身形。

X 戴着黑色面罩，一言不发地盯着我们。

"这就是 X 吗？他的打扮好像歌舞伎中的小黑人。"我小声说。

"不是小黑人，是黑衣。他们是演出时舞台上的辅助人员，负责递送道具什么的，会根据不同的场景更换服装的颜色。当舞台以海景和水景为主时，他们会换一身蓝色的服装，这时应称呼他们为浪衣或水衣。当舞台变成雪景时，他们又会换成白色的服装，这时应该叫他们雪衣。"

重点是这个吗?! 这些小知识对现状根本毫无用处啊！（何止对现状无用，恐怕对我这一辈子都没什么用。）

X 戴着面罩，我捕捉不到他的视线，也看不清他的表情。原来看不见敌人的脸这么麻烦……

总之，先找个趁手的武器吧。

餐桌就在我和创也身后。我一边盯着 X，一边仔细回想餐桌上都放了什么东西。

我记得餐桌上有烛台，还有点燃的蜡烛。火光可以赶跑山中的野兽，但对眼前的 X 应该起不到什么作用吧。

我的手在餐桌上缓缓游走，忽然碰到了一个冰凉的东西。

叉子。

我趁 X 不注意，偷偷握住了它。

"不要再做无谓的抵抗。你们无法战胜我。"

黑色面罩后传来了 X 的声音。他语气从容，音调尖锐得像吸了氦气。

创也先向 X 鞠躬行了一礼，才进入正题："您好，我有很多事情要请教您。"

我在一旁小声问他："现在是讲文明懂礼貌的时候吗？"

"不管什么时候都不能失了礼数，尤其当对方是外星人时，更要小心。任何一个不礼貌的举动都可能造成整个地球的损失。"

创也的话很有道理，可他到底有没有注意到 X 不像是来交朋友的？

"您是真正的外星人吗？还是说您已经寄生在某个地球人身上了？刚才点燃小屋的人是您吗？如果是的话，请您道歉，因为我们差点儿被您烧死。"

X 没有回答。我握紧叉子，随时准备扔过去。

X 从怀中拿出一个类似手机的机器，并举起它对准了我们，就像举起了一把手枪。

"我终于能回到自己的星球了，谁都不准妨碍我。"

糟了！

我急忙抬手，正要扔出手中的叉子时，那机器倏地发出一道强光。被突如其来的光线晃了眼，我一时失手，松开了叉子。

然而——

叉子竟然没有掉到地上，而是静止在了空中！

为什么……

烛台上的蜡烛也熄灭了，四周漆黑一片。

"我们能够操控重力。" X 的声音在黑暗中回响。

等……等一下！操控重力？这里难道不是 RRPG 的世界吗？怎么会出现真正的外星人?！而我们又怎么可能赢得过真正的外星人?！

下一秒，我和创也就不受控制地跌倒在地，在房间里不停地翻滚起来。

我一会儿撞上桌腿，一会儿砸到墙壁，晕晕乎乎地想着：原来弹珠的生活这么不容易啊。

　　不知道创也这会儿怎么样了，大概跟烘干机中的浴巾差不多吧。

　　我的记忆到这里为止。接着，我就昏了过去。

第五章
飞碟工厂

"内藤同学，醒醒……"

我做了一个梦。梦里，我和美晴结婚了。每天早上，她都会温柔地叫我起床。

"醒醒，内藤同学。"

我睁开了眼睛，眼前是美晴的脸。

"哇！"

我不由得尖叫一声，美晴被我吓得后退了两步。

"呃……"

我花了两秒钟才彻底清醒过来。

这里是栗旅馆的餐厅。我依稀记起我和创也被 X 攻击，不久就陷入昏迷。

我看看四周，清晨的阳光透过窗户洒进来，似乎已经是第二天了。

"你还真是没礼貌，堀越同学好心叫醒你，你却突然尖叫。"创也将汤锅放到餐桌上，我呆呆地看着他四处忙活，"既然醒了，就过来帮我准备早餐。"

我起身走到创也身边，小声问："昨晚我们遇到 X……那不是在做梦吧？"

"要是梦就好了。"创也的表情十分严肃，"从地球上目前的科技水平来看，人类还无法操控重力。"

"……"

"X 开始操控重力的时候，蜡烛熄灭了，说明我们当时正处在失重的状态下。"

我歪着头，一脸疑惑的表情。

创也继续解释说："小学时学过空气对流的知识，对吧？失重的状态下，空气不会流动，烛火得不到氧气，就会自己熄灭。"

我瞬间感到头皮发麻。那个 X 果然是真正的外星人……

不对不对不对！我不承认！

"这肯定是在做梦。我们被小屋着火的事吓到了，所以才做了同一个梦！"我惊慌失措，彻底忘了"两个人根本无法做同一个梦"这个常识。

"认清现实吧。"创也无奈地摇摇头，指了指我的胳膊和腿脚。我低头看见身上有大大小小的瘀青，恐怕都是昏迷前在墙上和桌腿上磕的。

"做梦可不会让你的身体布满瘀青。"

我无言以对，可还是无法接受这件事。

"创也，你是怎么想的？你觉得 X 是真正的外星人吗？"

创也答道："有矛盾。"

我不懂他是什么意思……

美晴见我们各自思索起来，说道："那我去厨房把菜都端过来吧。"

"好！"我开朗地应道。

听到美晴的声音，我立刻把可怕的外星人和令人费解的失重通通抛在了脑后。想起刚才的美梦，我就忍不住窃喜起来。

"别傻笑了，来帮忙把碗放过去。"创也说着，将一碗味噌汤递给我。

当然没问题啦！现在我心情大好，多么过分的要求都会欣然接受。

我问创也："你是什么时候醒的？"

"比你早大概一个小时。堀越同学来餐厅帮厨时叫醒了我。"

"哦……"

创也的话就像一盆凉水，浇在我发热的脑袋上。我想了又想，还是问出了口：

"为什么你们不叫醒我？"

"我是想叫醒你来着，可堀越同学说想让你再睡会儿。她很体贴吧？"

我知道美晴这么做并不是关心我，她只是想和创也单独待着，而我为此在地板上多躺了一个小时。想到这里，我的心彻底凉透了。

"哦，你也醒了？"柳川端着锅走进餐厅，美晴捧着一盘煎蛋跟在他身后，"再年轻也不能睡在餐厅的地板上啊。今晚你俩还是乖乖回房间睡觉吧。"

"好。"创也简单应了一声。他似乎不想和柳川说起外星人的事。

我跟着创也，去厨房取餐盘和调料。

厨房收拾得很干净，不锈钢水槽像镜子一般闪亮，这应该都是柳川的功劳吧？厨房的角落里还放了几袋玉米淀粉。玉米淀粉……会有玉米的味道吗？

等我回到餐厅，把盘子摆上桌时，堀越导演正好来吃早饭。他看到桌上的菜肴，顿时双眼放光："太好了，都是我爱吃的！"

竹荚鱼、烤海苔、煎蛋、酱海苔、味噌汤、腌菜和新鲜出锅的白米饭都散发着诱人的香味。

"我都几十年没吃过柴火饭了。"堀越导演眉开眼笑。

"我更想吃吐司。"

"好困……"

朱利叶斯和鸢尾丽亚双双走进餐厅。

"Willow——不对，老板，给我来碗味噌汤就行。我又困又想吐，快难受死了。"丽亚说着捂住了嘴。

丽亚一出现，刚才愉快的氛围登时变得死气沉沉。不愧是她。

"公主，谁让你昨晚在房间喝个不停，难怪现在会宿醉。"朱利叶斯冷冷地说。

"不要叫我公主，叫姐姐！"

咆哮似乎加剧了反胃感，丽亚惨白着脸冲向洗手间。被他俩这么一闹，我差点儿忘了《IN VADE》还没结束。

我向堀越导演和柳川打听："对了，昨天的爆炸究竟是怎么回事？"

"其实我也不知道……"堀越导演有些为难地说，"反正是有东西掉下来了，只是还不清楚那到底是什么。现场没有螺旋桨，也没有机翼，说明它不是直升机，也不是飞机。"

"万幸里面没有乘客。"柳川补充道。

"是啊。"

二人会心一笑。看上去，他们像是在故意回避"飞碟"这个词。

"没有螺旋桨，也没有机翼，难道是人造卫星？"丽亚从洗手间回来了，脸色有所好转。

"对，人造卫星！"

"这就是正确答案吧！"

三人一齐哈哈大笑。看来，成年人都不想承认这世上有飞碟。

这时，朱利叶斯问："掉下来的难道不是飞碟？"

三人的笑容瞬间凝固了。

"真好啊，孩子的心里还保留着梦想。"

"这样纯真的孩子现在已经很少了。"

"没错，这可是我弟弟呢！"

这下我明白了，他们根本不相信这世上有飞碟或者外星人。

不过……要是飞碟上的外星人已经寄生到某人身上了，那他为了隐藏身份，一定会尽可能回避外星人的话题。

我仔细观察了一下柳川和堀越导演。他们俩昨天都在坠落的第一现场，所以都十分可疑……

我又看了创也一眼。他觉得谁更可疑呢？

这时，创也摸着肚子，天真无邪地说："我好饿，快点儿开饭吧！"

"啊，对。大家请坐吧，汤都要凉了。"柳川说。

众人纷纷落座，一个问题突然蹦进我的脑海里：外星人会通过什么方式侵占更多人类的身体呢？直接进入地球人体内也许是最省事的。那么，如何才能进入地球人体内呢？

我盯着餐桌上的早餐，每一道都由擅长做饭的旅馆老板亲手烹制，令人食指大动。

如果有人往这些饭菜里加了什么东西……一旦被我们吃进去，那个东西就会进入我们体内……

柳川双手合十说："我先开动了。"

说完，他露出了一个古怪的笑容。

"啊——！"我没忍住，起身大喊道。

所有人的目光瞬间聚焦在了我身上。

"啊，嗯，那个……"我一时语塞。

我该说些什么好呢？

"内人，你刚才不是说肚子疼吗？"创也飞快地接过话头，"先别吃饭了，让肠胃休息一下吧。你放心，我不会让你一个人饿肚子，我陪你。不过，眼看着桌上的美食却不能动筷，是有点儿残忍……不如我们去外面散步吧！各位慢吃，我们就先告辞了。"

创也说完这一大串台词，便迅速拉起我准备离开餐厅。

"啊？你……你等等……"我还没反应过来发生了什么。

"你们真的不吃了吗？这些都是我做的，那位美食家没有插手。"柳川出言阻拦我们。

"你这是什么意思？"爱做饭的美食家鸢尾丽亚冷着脸，夹了一块鱼肉。

"对不起，我说了不该说的话。"柳川低头道歉。

创也趁乱对大家说："那我们先走了，再见！"

我被创也推搡着，跌跌撞撞地走出了餐厅。

"怎么回事啊？！你为什么突然把我拽出来！"走出旅馆，我忍不住质问创也。

不料创也却反问我："我才要问你呢！你刚才为什么突然大喊？"

因为外星人可能会在饭菜里动手脚啊！我急忙把自己的想法告诉了他。

"你懂了吗？要是早饭有问题，堀越美晴他们也可能会被外星人寄生的！"

"如果饭菜有问题，那会是谁干的？"

"我怀疑是柳川干的。他不仅去过飞碟坠落现场，还是负责做饭的人。"

"嗯……"创也摸着下巴思考着。

现在哪儿还有时间左思右想！

"我们快回去吧，说不定还来得及阻止大家！"

"不。"创也淡淡地说，"如果现在回去，柳川就会察觉到我们在怀疑他，那我们就会成为他的下一个目标。我不想自讨苦吃。况且，就算饭菜里有东西，大家也已经吃了，即便现在回去，我们也做不了什么。"创也说完，便转身走向通往村子的小路。

"没想到你这么冷血……"我双手抱住后脑勺，跟了上去，"不对，你就是这种性格，冷酷无情，心里只有自己。"

"把我说得这么过分……"创也转过身来，"请你记住，这只是游戏，不是现实。游戏主持人说过大家没有性命之忧。如果现实中大家有危险，我绝不会袖手旁观的。"

"……"我盯着创也的眼睛看了一会儿，还是妥协了，"好吧。"

我不再反驳他，但心里还是过不去这道坎。创也向来对游戏十分狂热，在追求游戏制作的严谨性上也超乎常人。可是现在他竟然说什么"这只是游戏，不是现实"……

创也走在我前面。我看着他的背影，总感觉有些陌生。

"你要去哪儿？"我问。

"去找亚久亚。"他头也不回地说。

"为什么啊？"

这次，创也转过身来。

"你害我没早饭吃，我想去亚久亚那里找点儿吃的。"

"去找其他人不行吗？"

创也摇了摇手指："现在村子里只有亚久亚、'废墟爱好者'金田先生和'UFO科学家'森胁先生。你会选择和谁一起吃饭？"

金田先生住废墟，森胁先生住帐篷，都不是吃饭的好地方。我也不知道他们做的饭好不好吃。当然，亚久亚的手艺也是未知数。

我把亚久亚放在天平的一端，把森胁先生、金田先生放在另一端。结果，心里的天平晃都没晃，直接倒向了亚久亚。

"我会选择亚久亚。"

听了我的回答，创也满意地点点头。

"That's right（没错）！懂了的话就闭上嘴跟着我。"

创也转过身，继续向前走去。

当我们找到亚久亚的时候，她正穿着巫女服清扫神社的台阶。

"早上好。"我们向亚久亚打了声招呼。

"早。你们起得真早。"亚久亚向我们点头回礼。

"那个，其实我们还没吃——"

不等我说完，创也便抢先问道："亚久亚，你吃过早饭了吗？"

"吃过了。"

"这样啊。"

创也只字不提早饭的事。你倒是快点儿说啊！我戳了戳创也的胳膊。

创也低声对我说："如果她还没吃饭，我才好意思邀请她跟我们一起吃。现在她已经吃完了，我总不能厚着脸皮跟她说'给我们俩单独弄点儿吃的'吧？你再忍耐一会儿。"

我只好作罢，由着肚子里的馋虫咕咕乱叫。

"你知道昨晚发生了爆炸吗？"创也话锋一转，早饭彻底退出话题中心。

"嗯，有响声，还有震动。不过，因为那里是风神屏风，我就没去查看情况。"

"为什么？"

"从小时候起，大人就告诫我们不能去屏风岩。"

"那个地方确实很危险。"我插嘴道，提醒他们站在这里的还有我。

"你们去爆炸现场了？"亚久亚吓了一跳。

我们点了点头。

"不危险吗？"

"还好。好像有个不明飞行物坠落了，当时现场还有四个人。"

"飞行物坠落引发了爆炸？"

"多半是的。"

"不明飞行物……到底是什么呢？"

"是啊，会是什么呢？"创也跟着做出一副困惑的样子，顺势问道，"亚久亚，你相信这世上有飞碟吗？"

亚久亚垂下眼眸，摇了摇头。

"但要是真有飞碟，也不错。"她笑着补充道，那笑容多少显得有些落寞。

我能体会她的心情。现在村子里有栗井荣太一行人，还有我们这些玩家。可游戏结束后，亚久亚又会变回一个人，独自留在这荒凉的围得村里。

"你不会觉得孤单吗？"我情不自禁地问道。

然而亚久亚将食指轻轻放在嘴唇上，一句话也没说。

"现在要去哪儿？"我问创也。

和亚久亚分开后，我背上多了一个小包袱，里面装着亚久亚为我们现捏的饭团、一盒茶饮料，还有蚊香。

"去坠落现场。森胁先生的帐篷已经探索过了，金田先生的所在地还不得而知。为了让游戏继续推进，我们必须行动起来。"创也取出地图说，"据我判断，现在应该去坠落现场进行调查。"

白天的森林行走起来要比夜里容易得多。（可为什么创也还是深一脚浅一脚的呢？）

我们再次来到悬崖附近，站在昨晚的位置俯视风神屏风。崖底的飞行物残骸已经变成了一团黑灰，那条裂缝还在原位。

该怎么下去呢？这附近不像有路通往崖底的样子。

我看了看四周，发现树上缠着许多藤蔓。

是时候轮到我脑内的助手直子小姐登场了！

"老师，今天我们要做什么呢？"

"今年藤蔓大丰收，这次的主角就是它了。"我把收集来的藤蔓递给直子小姐。

"哇，好新鲜的材料。"

"就这么直接用也行，但如果稍稍处理一下，效果就会更好。"

我用小刀剥去藤蔓的表皮，只留里面的纤维，然后挂在树枝上，和直子小姐各持一端。

"直子小姐，请向右拧。"

我和直子小姐拽住纤维的两端，分别向右扭转数圈。

"大功告成！接下来只需要把它从树枝上取下来即可……请看，藤蔓变成了完美的绳索。"

内藤内人的
《三分钟做好它》

①用小刀剥去藤蔓表皮

材料
藤蔓

②拽着两端向右拧

③从树枝上取下……

直子小姐立即补充道："要是觉得不够结实，可以再加几条，把它们拧成一股更粗的绳子。"

"你忙什么呢？"创也见我摆弄藤蔓，嘴里还念念有词，疑惑地问道。创也刚一开口，直子小姐便迅速溜走了。

我将做好的绳子拿给他看："你看，有了绳子，我们就可以下去了。"

"你的竹蜻蜓呢？"

这家伙又来了。

我们来到悬崖底部，又穿过坠落现场，来到对面的崖壁下方，那条裂缝就在我们头顶大约 15 米的地方。我注意到脚边有块一搂粗的石头，此前大概就是它一直堵着那条裂缝。

我找来一根树枝绑在绳子上，准备把它抛上去。

"你又在忙什么？"

"你没长眼睛吗？不靠绳子，我们怎么上去？"

创也却把头一歪："你才没长眼睛吧，这不是有条路可以上去吗？"

我顺着创也手指的方向望过去，才发现岩壁上处处有凸出的岩石，正好适合人攀登。此刻我手中的绳子显得那么多余。

"连路都给我们准备好了，简直是小儿科。真没意思。"我尽量给自己找补了一句。

"你最好不要以自己的标准去衡量别人。要是没有这条路，绝大多数人都上不去。"创也则毫不留情地回击了我。

我们爬上那条路，向裂缝进发。以防万一，我还是带上了那条藤蔓绳子。

裂缝宽约 1 米，高 3 米，里面黑漆漆的，伸手不见五指。

"灯的开关在哪儿？"我问。

创也哼了一声："有路就不错了，还想要灯？栗井荣太可没那么好心。"

"那你带手电筒了吗？"

"没有。"

我就知道。

我解开包袱，从里面拿出茶饮料和饭团。在裂缝里不知道会遭遇什么，进去之前先抓紧时间填饱肚子吧。

我和创也一人一半，把茶饮料喝完。装饮料的纸盒不能浪费，把它撕开甩干后包住捡来的木棒顶端，再在外面缠上藤蔓绳子固定，一支简易的火把就做好了。

创也看着我，叹了口气："游戏结束以后，我要建议栗井荣太在这儿安个电灯。毕竟这世上不是所有人都能像你这样就地取材制作火把。"

我没有理会他，准备给火把点火。

"咦？"

包袱里没有火柴。亚久亚为我们备了蚊香，却忘记放火柴了。

"借我根火柴，打火机也行。"

然而，创也摇了摇头："不巧，我不吸烟。你没带打火机吗？"

"我听说这次有旅馆住就没带。早知道需要露宿的话，我肯定会带的……"

唉，从头开始生火又要花去不少时间。

创也把手伸进衬衫胸前的口袋中。突然，他的表情变得有些微妙。

"怎么了？"

他默默地向我摊开手掌，一个细长的纸包躺在他的手心里。这是……？

创也打开纸包，里面是一个塑料打火机。纸包的内侧还写了一句话：**我预想到可能会发生这种情况，所以提前准备好了。**

"这是真田女史的字吧？"我说。

创也点点头："上周去校外参观学习的时候，我穿了这件衣服。真田女史那时就知道我之后会用到打火机吗……"

真田女史的预知能力，好恐怖！

裂缝里面比我想的要宽敞，足够两人并肩而行。

一条小路缓缓向斜下方延伸而去。我摸了摸岩壁，又湿又冷，比开足了冷气的房间的墙壁更凉。

"这条裂缝原本就有，后来栗井荣太又进行了一番改造。"创也冷静地分析道。

走路不专心可是会滑倒的。我刚要提醒创也，他就摔了一跤。真不让人省心。

我随手捡起一块石头，把藤蔓捶软后绑在创也的鞋上。我已尽力，接下来就看他自己了。

"这里还差防滑措施，之后我会一并跟栗井荣太说的。哦，还有地灯。"创也拒不承认滑倒是他自己的问题。

我们继续往前走，道路尽头出现了一个岔口，前路一分为二。

我问创也："往右还是往左？"

"往右。"

"好，我们走左边。"

"……"

创也张了张嘴。我不管他，坚定地走向左边。由于拿着火把的是我，创也只好跟了过来。

可是刚走了不到 5 分钟，路就走到了尽头。

创也窃笑不已："你选的路，走不通啊。"

"哼！"

我立刻掉头，手中的火把也随之一晃。

咦？

岩壁好像在发光，而且不是火把的反光。

我踩灭火把。

"呜——哇！怎么了！"突如其来的黑暗吓得创也喊了起来。

"嘘！"我一只手捂住创也的嘴，另一只手捂住他的眼睛。可他还不消停，嘴里一直叽里咕噜的，似乎在质问我要干什么。

等我的眼睛完全适应了黑暗之后，我松开手，让创也睁开眼睛。

"你是什么意思？这么黑，什么也看不见啊。"创也的不满还未散去。

不，看得见。只要仔细观察，就会发现岩石的缝隙之间透出些许绿光。我凑到缝隙前窥望。

突然间，我僵住了。

"怎么回事？"创也问。

可我答不上来，也不可能知道答案。

创也从我的头顶上方朝缝隙内部望去。

这时，连他也僵住了，因为他和我看到了同样的景象。

那是——

一个制造飞碟的工厂……

（未完待续）

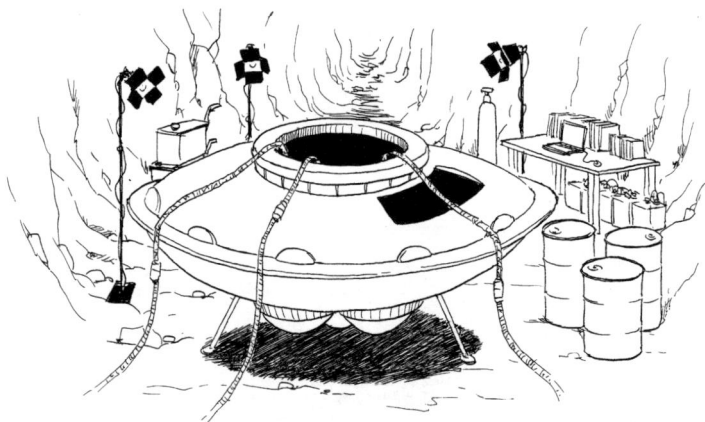

后　记

内：我总觉得在这里结束有些突然，后续应该会很精彩……

创：不仅如此，我们还在旅馆体验了失重状态……

内：挖了这么多坑，作者能圆回来吗？

创：说不定作者会在结尾突然来一句"全都是外星人干的好事"。

内：怎么可能呢……

（内人的冷汗流了下来。）

（创也拍了拍内人的肩膀。）

创：我开玩笑呢。勇岭薰好歹也是个推理作家，无论前期埋了多少伏笔，最后都会圆上的。

内：可是，这个作家连"内人"为什么要叫"汤姆"都答不上来，还是读者替他想的。

创：……

（这时，作者哼着歌走向二人。）

（他将手中的包袱皮摊开，小心翼翼地把他喜欢的推理小说、MP3、笔记本、铅笔和老花镜等一堆杂物包了进去。）

内：太好了，看来他有心要好好整理包袱。

（内人松了一口气，创也却在一旁冷眼旁观。）

（果然，作者收拾好后扛起包袱，抬腿就跑。）

创：不对！作者准备连夜开溜了！

（创也立刻大喊："卓也先生！"）

（下一秒，作者就被卓也先生逮了回来，虽然他还在不死心地挣扎着。）

作者：放过我吧！

好了，闹剧告一段落。大家好，我是勇岭薰。

"都市里的汤姆＆索亚"第五册《游戏正式开场！》的故事如何呢？大家也像内人和创也一样，担心作者圆不回来吗？

读者朋友们，请你们放心，我好歹也是一个推理作家（虽然只是末流的），一定会把自己挖的坑都填上。

在本书中，我将《IN VADE》的游戏场景设置在山里。

其实，我一直在犹豫要不要以山林为游戏背景，因为内人在山里简直无敌，普通人根本不是他的对手。

所以，最后我只好把外星人的超科学文明搬出来喽。

读到这里，读者一定会发现这个故事很长，想一口气读完，确实需要一定的体力和心力。当然，还得有购买本书的财力。（香烟盒上一般都会注明"吸烟有害健康"，我也想提醒大家：久坐有害健康，读书虽好，但不要过度哟。）

为什么这个故事这么长呢？都怪神宫寺和公主。

本来这是一个夹在内人和创也的冒险故事中作为调剂的短篇，我已经计划好将《IN VADE》的游戏场景设置在郊外的旅馆了。可是，神宫寺和公主对此颇有微词。

"喂，栗井荣太的游戏不可能这么平庸。"

"总之，要大场面！"

被他们这么一鼓动，这个故事就变成现在的模样了。大家若是不满，就去投诉他们两个吧。

虽然一口气读完这个故事有些辛苦，但是请大家不要放弃。

我还有一件值得骄傲的事和大家分享。

我遵守和编辑的约定，按时完成了这个长篇故事。我知道经常有作家举办出版纪念派对，但我比较想办个"按时交稿纪念派对"。

　　在下一册中，我们终于要揭开《IN VADE》的真面目了，相信大家一定会大呼惊喜。

　　此外，大家也一定能明白栗井荣太的厉害之处，以及他们为什么被称作"传说中的游戏制作人"。

　　总之，我们在下一本书中再见吧！

　　再会！

　　Good night and have a nice dream（晚安，好梦）！

MACHINO TOMU ANDO SO-YA (5) IN BEITO JOU

© Kaoru Hayamine/Keiko Nishi 2007

All rights reserved.

Original Japanese edition published by KODANSHA LTD.

Publication rights for Simplified Chinese character edition arranged with KODANSHA LTD. through KODANSHA
BEIJING CULTURE LTD. Beijing, China.

本书由日本讲谈社正式授权，版权所有，未经书面同意，不得以任何方式做全面或局部翻印、仿制或转载。

Simplified Chinese translation copyright © 2025 by Beijing Science and Technology Publishing Co., Ltd.

著作权合同登记号　图字：01-2024-1513

图书在版编目（CIP）数据

游戏正式开场! /（日）勇岭薫著 ;（日）西炯子绘 ;
任兆文译. -- 北京 ：北京科学技术出版社，2025.
（都市里的汤姆 & 索亚）. -- ISBN 978-7-5714-4323-8

Ⅰ. I313.84

中国国家版本馆 CIP 数据核字第 2024VD3642 号

策划编辑：桂媛媛	电　　话：0086-10-66135495（总编室）	
责任编辑：李珊珊	0086-10-66113227（发行部）	
责任校对：申　莎	网　　址：www.bkydw.cn	
图文制作：沈学成　杨严严	印　　刷：北京顶佳世纪印刷有限公司	
责任印制：李　茗	开　　本：889 mm × 1194 mm　1/32	
出 版 人：曾庆宇	字　　数：112 千字	
出版发行：北京科学技术出版社	印　　张：6.625	
社　　址：北京西直门南大街 16 号	版　　次：2025 年 3 月第 1 版	
邮政编码：100035	印　　次：2025 年 3 月第 1 次印刷	
ISBN 978-7-5714-4323-8		

定　　价：39.00 元